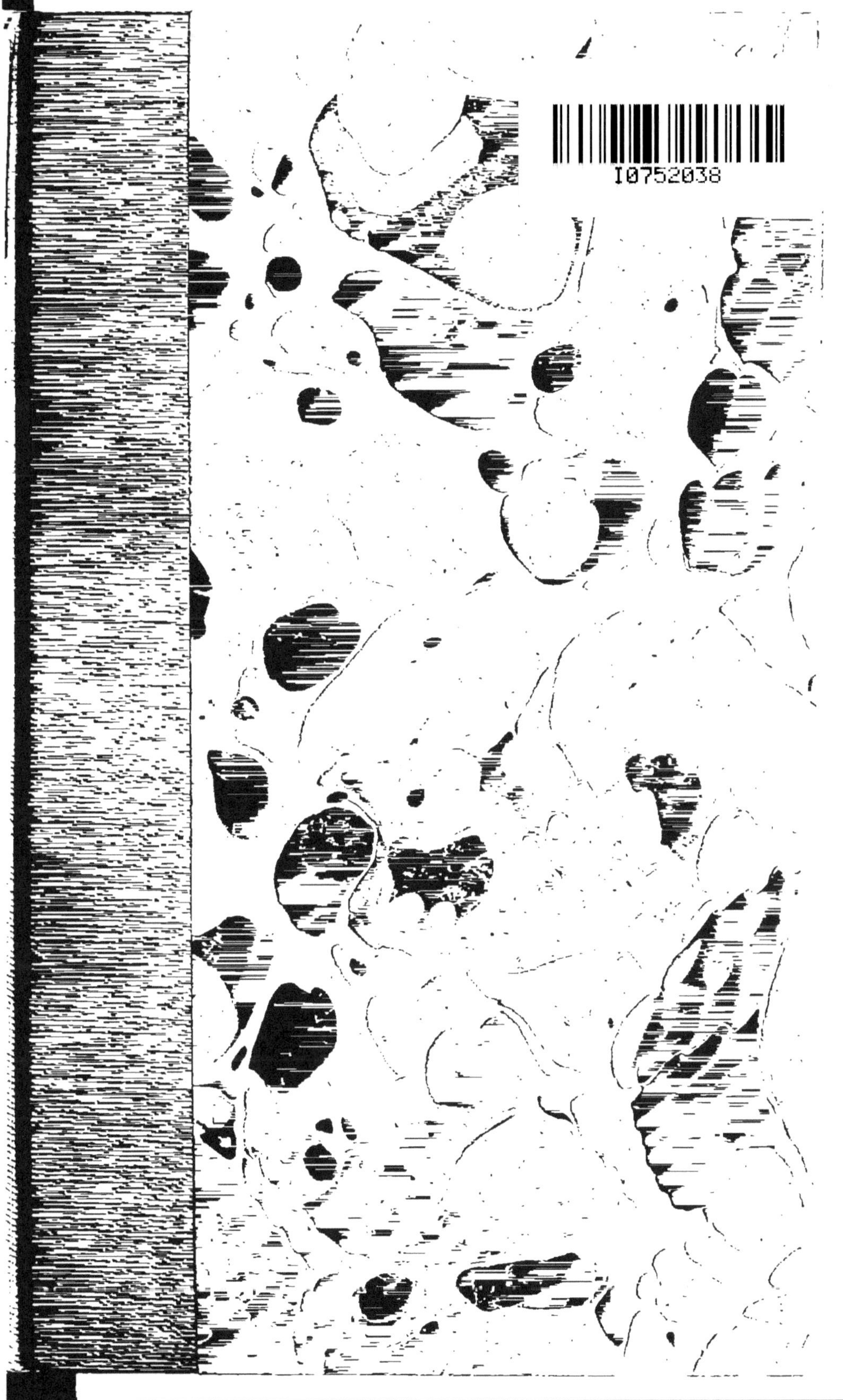
I0752038

LES JOURNÉES AU VILLAGE.

LES JOURNÉES AU VILLAGE,

OU

TABLEAU D'UNE BONNE FAMILLE.

Ouvrage où l'on trouvera des Contes, des Historiettes, des Apologues, etc. pour amuser utilement la jeunesse.

ORNÉ DE 72 FIGURES.

PAR M. DUCRAY-DUMINIL.

Voyez-vous cet asyle champêtre, là-bas près de ce bois, sur le penchant de cette colline boisée?... c'est le toît du père de famille qui forme des hommes pour la postérité.

TOME CINQUIÈME.

À PARIS,
Chez LEPRIEUR, Libraire, rue St.-Jacques, nº. 278.

AN XII. — 1804.

Le Monument de Tony.

Un coup de hazard

LES

JOURNÉES AU VILLAGE,

OU

TABLEAU

D'UNE BONNE FAMILLE.

TRENTE-SEPTIÈME JOURNÉE.

PERSONNAGES,

M. D'ARLEVILLE, LE SAGE PHILBERT, MADAME D'ARLEVILLE.

Toute la famille assemblée.

L'HYVER avait mis un terme aux jeux innocens de la Chartreuse de Roseville, il y était venu successivement plusieurs importuns qui avaient distrait le père de famille de ses louables occupations. Lui-même avait été obligé de passer plusieurs mois à Paris, pour y suivre un procès long, injuste, duquel dépendait une partie de sa fortune, et dont le succès à la fin flattait les espérances de M. d'Arleville. Mille embarras divers avaient empêché en un mot que ce digne instituteur de ses enfans pût s'occuper de leur éducation avec la même activité qu'il y avait mise l'été précédent : ces bons enfans avaient passé toute la saison des frimats, renfermés dans leurs différentes salles d'étude, occupés uniquement de leurs travaux, sans agrément comme sans ennuis cependant; car les enfans se font aisément à toutes les situations dans lesquelles ils se trouvent.

Mais le printems venait ranimer la nature ; les soirées commençaient à devenir moins longues, tout s'embellissait dans les jardins de la Chartreuse, et M. d'Arleville, plus tranquille, pensait sérieusement à reprendre le cours de ses leçons, à répéter ces journées agréables qui avaient fait, quatre à cinq mois avant, le charme de sa solitude : il réunit donc un jour tous ses enfans dans le salon commun, son épouse à la tête des filles, son vieux père guidant les garçons; il ordonna à la bonne Marion Desvignes, au domestique Provençal, ainsi qu'au jardinier Germain, de se trouver à cette réunion de famille, et quand il vit toute sa maison prête à l'écouter, il prit la parole en ces termes :

« Mes enfans, et vous mes chers neveux et nièces, nous avons été forcés de suspendre nos intéressantes recréations pendant cet hyver : La nature elle-même s'est reposée, et nous avons imité son exemple; mais aujourd'hui, plus belle, plus active, elle reprend ses utiles travaux, tout annonce son réveil; tout s'agite, tout s'émeut, tout change de face autour de nous, et le printems nous annonce plus qu'en tout autre tems de l'année, la présence et les bienfaits de cette souveraine de la terre. Nous n'avons pu oublier, mes enfans, ces journées délicieuses que nous passions ici, dès les premiers momens de notre installation, dans des exercices salutaires, dans des promenades champêtres, ou des conversations morales : nous n'avons pu oublier ces récits touchans que nous faisaient de bons amis tels que M. Ménival, dont l'histoire de la Châtelaine voilée vous a tant intéressés : vous vous rappelez aussi ces contes, ces histoires, ces anecdotes curieuses que mon respectable père, ma femme, moi, et Marion Desvignes elle-même se plaisaient à vous raconter. Livrons-nous de nouveau à ces douces jouissances ; reprenons la gaîté, la dissipation, les plaisirs de tout genre que la rigueur du froid avaient interrompus ; semons enfin la carrière de l'étude de fleurs nouvelles qui, dans l'été de la vie, puissent nous rapporter des fruits, et redevenons ce que nous étions l'année dernière.

« Mais, avant de rappeler ici ces deux instans, voyons un peu comment chacun de vous a employé son tems pendant la suspension de nos plaisirs ; car vous avez dû travailler, vous occuper, et faire des progrès dans les talens divers que vos maîtres et moi-même, nous avons cherché à vous donner... Il n'est pas un de vous sans doute qui n'ait une preuve à me produire des succès qu'il a obtenus, soit en peinture, dessin, musique, ou littérature : je ne vous ai pas demandé jusqu'à présent le compte de vos momens ; je me suis contenté de vous engager au travail autant que mes occupations me l'ont permis, de vous faire guider par vos maîtres, votre mère ou votre vénérable ayeul ; mais aujourd'hui j'exige que vous me prouviez l'emploi de vos instans et que chacun de vous me montre son petit chef-d'œuvre, si je puis me servir de cette expression. Je vais vous appeler l'un après l'autre, en commençant par les petits, afin de me reposer à la fin de cet examen sur des travaux plus importans que sans doute je devrai au zèle, à l'activité, à l'intelligence de mes fils les plus grands.

Voyons, Fanfan, approche ici ; toi qui

as bientôt six ans, qu'as-tu fait, qu'as-tu appris cet hyver?

FANFAN.

Mon papa, je suis en état de te réciter toutes les fables de la Fontaine, que je sais par cœur, et de te montrer plusieurs pièces de mon écriture.

M. D'ARLEVILLE.

Voyons, mon ami?

Fanfan récite à son père trois ou quatre fables qui prouvent sa mémoire et même son intelligence précoce à raconter. Il montre son écriture, et M. d'Arleville, très-content, embrasse cet aimable enfant, en lui témoignant sa satisfaction. Il appelle ensuite Charlet, qui a un an de plus que Fanfan.

CHARLET *s'avançant.*

Mon oncle, tu peux m'interroger sur la chronologie des rois de France, sur la géographie de la France et même sur celle des principales villes de l'Europe.

M. d'Arleville fait cet examen dont l'enfant sort avec le plus grand avantage.

C'est fort bien, mon neveu, lui dit-il, très-bien ! vas te placer à côté de ton cousin Fanfan, et laisse-moi interroger à son tour ton frère Eugène. Eugène, viens ici ? Voyons, que sais-tu ?

EUGÈNE.

Mon oncle, tout l'Abrégé de l'histoire Romaine, par demandes et par réponses, et plusieurs fables de Bidpay et de Lokman.

M. D'ARLEVILLE.

A merveilles ! essayons cela ? (*après que l'enfant a été interrogé*) voilà qui me fait grand plaisir. J'en suis très-content.... Mais Tony se cache là-bas ! est-ce qu'il n'est pas en mesure de me satisfaire, puisqu'il paraît tant redouter que je l'appelle ? Tony ? Tony ? approche de moi, mon ami ? (*Tony vient, mais avec timidité*) Sans doute que tu sais aussi bien des belles choses ; fais m'en part mon cher Tony ? (*Tony se tait*) Eh bien ? (*même silence*). Oh oh ! est-ce que nous aurions été un petit paresseux, plus empressé à jouer qu'à nous instruire?... Hein... tu ne dis mot. Cela serait bien honteux, sur-tout en voyant ton cousin Eugène, qui est du même âge que toi, et qui a si bien employé son tems? — Papa.... — Allons, mon ami, parle moi avec confiance. — Papa, tu vas me gronder? — Pourquoi? tu sens donc bien que tu l'as mérité? — Papa, je ne le crois pas pourtant; mais tu vas voir que, si j'ai appris, en lecture, en écriture, en fables ou histoires, trop peu de choses pour mériter des éloges de ta part, je n'en ai pas moins consacré mes momens à m'occuper de toi et de maman que je chéris si tendrement. — Bon! et comment cela?

L'enfant se remet un peu et continue: Tu sais bien, papa, qu'il y a trois mois, lorsqu'on a fait ici cette grande vente après la mort de ce savant qui occupait la jolie maison des Bordes, tu sais bien qu'on a vendu son cabinet d'histoire naturelle qui était considérable? — Oui, après? — Tu sais bien aussi que celui qui l'a acheté, a fait jeter dans le chemin là, devant notre porte, une quantité considérable de petites coquilles de diverses formes et de toutes sortes de couleurs ? — Non, j'ignorais cela, par exemple. — C'est que tu n'auras pas remarqué, en sortant ou en rentrant, cet amas de coquilles, qui apparemment étaient d'un prix trop bas, ou de trop peu de valeur, pour que l'acheteur les emportât. Eh bien, lui, il les avait méprisées, jetées là; et moi je les ai ramassées.— Ah, ah! pour jouer avec sans doute pendant tout l'hyver? — Non, oh non, papa, ce n'était pas pour jouer. Il m'est venu une idée : j'avais vu, chez les marchands de curiosités à Paris, des grottes, des crucifix, de petits paysages faits tout en coquilles : si je pouvais, me suis-je dit, fabriquer de la même manière un petit temple dédié à papa, à la tendresse paternelle, je le lui offrirais pour sa fête qui est à la St.-Jean prochaine. Je l'ai fait, papa, tant bien que mal, et je voulais ne te le montrer que le jour de ta fête ; mais tu me demandes aujourd'hui l'emploi de mon tems ; c'est bien désagréable, il faut que je te parle de mon temple, et voilà tous mes projets manqués ! — Eh bien, mon ami, il n'y a pas de mal à cela. Et.... est-il fini ce temple fameux ? — Entièrement fini. — Je puis donc le voir ? — Sans doute ; mais ce n'est pas aujourd'hui que je voulais..... — N'importe, tu m'obligeras de me le descendre.

L'enfant a bientôt fait un saut jusqu'à sa chambre, et il en rapporte son petit monument, qui est vraiment un chef-d'œuvre de goût pour son âge. Toutes les coquilles sont montées sur de la terre glaise, et nuancées avec un ordre qui flatte d'abord l'œil surpris. Ce n'est qu'une espèce de portique à quatre colonnes et quatre entrées. Le tout est surmonté d'un dôme, sous lequel on voit un espèce de bouquet de fleurs qui sort d'un petit piédestal sur lequel on lit : *A mon père* ! Autour du dôme se trouve cette inscription : *Hommage à la tendresse paternelle* ! Le tout est décoré de sable, d'arbustes, etc. etc. M. d'Arleville ne peut s'empêcher d'admirer cet ouvrage qui a demandé beaucoup de patience et de goût. C'est fort bien, mon fils, dit-il à Tony; je te loue de la manière dont tu as construit ce petit monument, et sur-tout du but que tu t'es prescrit en le faisant; mais une autre fois tu sentiras, n'est-ce pas? que t'instruire et travailler, est le meilleur moyen de me prouver ta tendresse pour moi. Je garde ce présent qui m'est cher, en t'engageant à ne plus songer dorénavant qu'à tes études.

M. d'Arleville interrogea de même ses autres enfans ou neveux, qui tous, lui prouvèrent qu'ils avaient fait des progrès dans les diverses sciences qu'ils apprenaient. Evariste avait fait les paroles d'un recueil de romances, que sa cousine Elisa avait mises en musique, et auxquelles Flavie avait ajouté des accompagnemens de forte-piano. Clara avait peint un petit tableau allégorique, où l'on voyait, représenté sous la forme d'un génie dans les airs, son père secouant des fleurs sur le sablier du tems. Alexandre avait fait au crayon un dessin où l'on voyait aussi monsieur et madame d'Arleville, très-ressemblans, couronnés par la tendresse filiale, retracée par un grouppe de petits génies aîlés, unis ensemble avec des chaînes de fleurs, et éclairés par un souffle de la divinité. Enfin, c'était à qui montrerait son ouvrage de l'hyver, et tous avaient ainsi des petits chefs-d'œuvre à présenter. Théodore seul ne fournissait ni dessins, ni musique, ni pièces de vers; mais il avait travaillé dans un autre genre. Il faisait des armes comme un maître d'escrime; il dansait comme un ange; il s'était en un mot livré à tous les exercices du corps, et il y excellait. Ce jeune homme, qui comptait bientôt seize printems, était le plus joli garçon de toute la famille; très-grand pour son âge, bien fait, doué d'une charmante figure, il avait de la grâce, de l'élégance, un excellent ton, et madame d'Arleville ne pouvait se lasser de le regarder avec un peu plus de plaisir qu'elle n'en éprouvait peut-être en fixant ses frères, attendu que Théodore était tout son portrait.

Pour l'aîné des garçons, l'aimable Henri, il avait passé son tems à composer à l'insu de son père, un ouvrage qui pût tourner à l'avantage de ses frères, et devenir utile à leur éducation. Henri avait trouvé sur la table d'études de Cyprien, un petit livret très-gothique, intitulé *la Civilité puérile et honnête*, qu'on met souvent de bonne heure entre les mains des enfans. Henri avait parcouru ce livret ; et le trouvant en effet très-*puéril*, niais même par momens, il avait imaginé de faire un ouvrage dans ce genre, mais plus facile à retenir et plus analogue à notre ton, à nos mœurs modernes. C'était un petit cahier manuscrit, d'à-peu-près deux cents pages, qui portait pour titre : *Catéchisme de civilité à l'usage de la jeu-*

nesse. Son père , après avoir jetté les yeux dessus, le trouva si bien fait qu'il pria Henri de lui en lire quelques chapitres. Henri ne se fit pas répéter ce vœu qui flattait à juste titre son amour-propre; et comme il savait son ouvrage par cœur, il remit son manuscrit entre les mains de son frère Cyprien, afin qu'il lui répondît sur chaque demande qu'il allait lui faire. Nous ne donnerons pas l'ouvrage entier à nos lecteurs; nous leur en offrirons seulement quelques pages, qui ne pourront les ennuyer, s'ils aiment l'enfance, et qui leur donneront une idée du talent de leur bon ami Henri.

CATHÉCHISME DE CIVILITÉ,

A L'USAGE DE LA JEUNESSE,

Par demandes et par réponses.

CHAPITRE PREMIER.

DE LA TENUE.

DEMANDE. Qu'est-ce que c'est que la civilité?

RÉP. C'est l'art de se tenir, de marcher, de courir, de se présenter, de saluer, de s'asseoir, de se lever, de parler, de répondre, de s'offrir extérieurement aux yeux des hommes.

DEM. Comment faut-il se tenir?

RÉP. Droit, les pieds un peu en dehors, les coudes sur les hanches, les avant-bras un peu avancés, la main à demi fermée, les doigts un peu entrouverts, la tête droite sans trop de roideur, l'œil très-ouvert, la bouche à demi fermée et appelant un peu le sourire. Si l'on a une canne à la main, il faut éviter de s'appuyer dessus à droite ou à gauche, de manière que cela fasse pencher le corps, croiser une jambe sur l'autre et la rende inutile. Il faut aussi que cette canne serve de maintien, et non à jouer en avant, en arrière, ni à la mettre horisontalement sous son bras, de manière à ce qu'on risque de crever les yeux de quelqu'un qui marcherait derrière vous.

Dem. Comment faut-il marcher ?

Rép. Posément, sans faire de trop grandes ajambées, en posant d'abord le talon à terre, ensuite le bout du pied, et cela très-légèrement ; car le pied entier posé à plat sur le pavé, fait mouvoir ridiculement le genou, et par conséquent toute la personne. Il faut éviter de faire un balancier de ses deux bras, de les jeter l'un après l'autre par derrière et par devant ; il ne faut point remuer la tête en avant à chaque secousse que vous donne la marche. Il faut que toute la personne ait des mouvemens doux, légers, d'accord, ce qui ajoute à la grâce de l'ensemble. Si vous donnez le bras à une dame, examinez sa taille : si elle est petite, baissez-bien votre bras, afin qu'elle n'ait pas la peine de tenir le sien trop élévé; si elle est plus grande que vous, haussez votre bras sans pour cela relever votre épaule, pour que cette dame ne se fatigue pas en abaissant trop son bras; ne le lui serrez jamais avec le vôtre; qu'il y ait à-peu-près un demi-pouce de jeu autour du sien; sur-tout ne grimacez pas, si vous trouvez qu'elle s'appuye trop fort; et si elle vous quitte le bras, ne le secouez pas comme quelqu'un qui l'aurait engourdi; cela ne serait pas honnête. Donnez-lui toujours le haut du pavé, c'est-à-dire le pavé qui borde les maisons; et si vous avez avec elle un ruisseau à passer, soutenez-la bien, laissez-la choisir la place qu'elle veut traverser, ou, si le ruisseau est très-large, passez le premier, afin de lui donner la main (la main droite toujours).

Avez-vous à monter, à descendre avec cette dame ? quittez son bras et donnez-lui la main.

Dem. Comment donne-t-on la main ?

Rép. On se recule d'abord, à-peu-près de deux pas, on s'incline un peu le corps dès la ceinture, et sur-tout la tête, en souriant vers cette dame. On allonge ensuite le bras (droit ou gauche, suivant la position, et c'est presque toujours le droit ; car il est honnête de donner sa droite à une dame). On allonge ce bras un peu courbé du coude, on présente la main à plat, le creux en dehors, les doigts légèrement courbés du bout et toujours entre-ouverts, et l'on ne prend que le bout de ses doigts qu'on a soin de ne pas serrer, mais seulement de maintenir. Quand vous êtes ainsi montés ou descendus, vous quittez sa main ; vous la saluez demi-profondément, et vous lui offrez de nouveau votre bras.

Dem. Comment marche-t-on, quand on est seul, dans les rues ou dans les promenades ?

Rép. Posément toujours, sans heurter, ni coudoyer personne; encore plus faut-il éviter de marcher sur les pieds, ou sur les talons de quelqu'un; et pour cela, il faut de tems en tems regarder à terre devant soi, ménager les longues queues des robes des dames, et si l'on a eu le malheur de marcher dessus, de heurter ou coudoyer quelqu'un, lui faire à l'instant même mille excuses, en inclinant le corps et baissant beaucoup la tête. Quoique seul dans les rues, il faut avoir égard aux porte-faix, aux gens chargés de quelques objets, et se détourner, traverser même les ruisseaux pour les laisser passer : il faut donner le haut du pavé, c'est-à-dire, laisser passer à cette place, les dames en général, plus particulièrement les femmes enceintes, que par-tout on doit protéger, les bonnes ou les nourrices qui portent des petits enfans, les vieillards, et tous ceux à qui, dans la société, on doit des égards, des attentions dictés par l'humanité et le respect. Si vous vous promenez dans un salon, évitez de croiser les bras derrière le dos, cela sent trop la familiarité, donnez toujours la droite aux dames et même aux hommes, à moins que ce ne soient vos inférieurs, et encore on s'honore toujours par-tout en se mettant à la dernière place.

Dem. Comment montez-vous en voiture ?

Rép. Avec des hommes ou avec des dames; je fais toujours monter avant moi les personnes qui m'accompagnent. Je leur donne la droite du fond, ou je me place sur le devant, où la place d'honneur est encore la droite. Ensuite, je descends le premier de la voiture, et je donne la main aux dames ou aux hommes, en les soutenant sous le bras, près de l'épaule. Si je prends un enfant ou une jeune personne dans mes bras, j'ai soin de ne la tenir à deux mains que vers le milieu du corps, afin de ménager sa pudeur en ne portant pas la main indifféremment sur elle. Il est de la décence, lorsqu'une dame descend de voiture de faire attention à sa robe, et d'en couvrir ses jambes ou ses pieds, lorsque par hasard la robe s'accroche quelque part. On donne ensuite la main, de la manière que j'ai décrite plus haut, pour entrer dans la porte cochère, traverser la cour et monter l'escalier. Toujours un salut quand on quitte cette main, et toujours faire entrer la première dans l'appartement, la dame ou toute autre personne qui vous accompagne.

DEM. Comment faut-il courir?

RÉP. On ne doit courir que dans quelques cas, non pas en allant dans les rues à ses affaires: quelque pressé qu'on soit, il faut hâter seulement sa démarche, et avoir toujours les mêmes attentions pour les passans; mais si une dame vous prie d'aller parler de sa part à quelqu'un qui s'éloigne; si elle a oublié quelque objet à la promenade ou dans une voiture, alors courez; mais évitez de faire mouvoir trop les bras, les coudes ou la tête. Il faut se ployer un peu, et faire tous les circuits nécessaires pour ne point heurter les passans ; c'est à vous à vous déranger et non à eux. Si vous vous retournez pour courir encore, prenez garde à ne pas coigner le nez de quelqu'un qui pourrait se trouver devant vous ; de même que lorsqu'on quitte un ami qu'on a rencontré dans la rue, et qu'on lui dit encore quelques mots en le regardant, ayez soin de tourner, pour vous remettre en marche, votre tête avant votre corps, pour ne pas pousser quelqu'un qui, en marchant, pourrait s'être trouvé derrière vous au moment où vous vous séparez de votre ami. En général, un homme bien élevé ne fait pas de grandes enjambées en courant, mais il serre ses jambes un peu l'une contre l'autre, et, de loin, il a l'air plutôt de glisser que de courir.

DEM. Quelle est la manière de se présenter ?

RÉP. Il y en a deux ; savoir la manière de se présenter dans un lieu public où l'on ne doit connaître personne, comme au spectacle, à la promenade, ou dans des réunions de fêtes payées. La seconde manière est lorsqu'on entre dans un salon d'amis, chez quelqu'un que l'on visite, ou dont on a besoin.

DEM. Voyons la première manière?

RÉP. J'entre au spectacle, dans une loge où je suis seul. Je me tiens droit, les yeux baissés, sans tourner la tête trop à droite, à gauche, ce qui marque la suffisance. Je prends la place qui m'est commode, sur le devant par exemple, et je m'y tiens toujours droit et posément, sans appuyer mes deux coudes, encore moins ma tête sur le bord de la loge, sans même avancer mon coude ou mon bras sur l'appui qui sépare ma loge de celle de mes voisins qui ont droit, comme moi, à la moitié de cet appui. Je suis tranquille, attentif tout le long du spectacle, et si je prends ma lorgnette pour parcourir les loges, j'ai soin de ne point lorgner directement les dames qui sont le plus près de moi; j'ai soin aussi de ne point plonger ma lorgnette dans le parterre; cela serait indécent, et pourrait choquer à juste titre cette réunion respectable de spectateurs. Que le spectacle soit commencé ou non, j'évite de culbuter les banquettes, de faire un bruit qui étourdisse ou appelle sur moi l'attention générale. Je me garde surtout de ressembler à ces jeunes libertins qui, s'asseyant sur la dernière banquette près de la porte d'entrée de la loge, étalent, écartent leurs jambes sur les autres banquettes, cachent leurs mains d'une manière indécente, et semblent être là comme dans leur lit. Je ne regarde point, et pas plus là qu'ailleurs, sous le nez des femmes qui sont près de moi, et je ne me mêle de la conversation de personne. Si j'ai trouvé du monde dans la loge où je suis entré, je demande respectueusement si telle ou telle place est prise; et là, en compagnie, comme tout seul, je me tiens en silence assis honnêtement, et si ma place est bonne, je la cède à la première dame qui entre; les hommes pouvant se tenir debout, voyant toujours bien partout.

Dans des réunions, salons ou fêtes, où chacun est admis pour son argent, j'entre, sans saluer personne il est vrai, mais j'ai toujours la même tenue, les mêmes égards pour les dames ou pour les vieillards, à qui je m'empresse de procurer des siéges ou des places commodes. Je ne m'y promène pas d'un air effronté, et j'ai soin, si l'on tire un feu d'artifice, ou qu'il y ait un autre attrait pour la curiosité, de ne point mettre mes mains, mes poings ou mes coudes, sur les épaules de mes voisins.

Dem. Dites-nous la seconde manière de se présenter?

Rép. Dans un salon d'amis, ou de simples connaissances, j'ai soin d'entrer légèrement, à moitié sur la pointe du pied, pour ne pas faire crier le parquet, mais sans secousses, sans haut-le-corps, sans trop de mouvemens d'épaules, de tête ou de bras, j'ai la tête un peu penchée en avant, le sourire est sur ma bouche, et je tiens mon chapeau à la main en le balançant un peu. Je m'avance d'abord, et sans regarder personne, vers la maîtresse de la maison. Je la salue profondément, je me retourne ensuite vers les dames qui sont à ses côtés; je les salue aussi toutes, sans affectation, d'un seul mouvement de tête, et je reviens ainsi jusqu'aux hommes, en marchant et cherchant la dernière place dans la société.

DEM. Quelle est la manière de saluer?

RÉP. Il faut tenir ses jambes très-droites, plier un peu la ceinture, et balancer deux ou trois fois la tête en avant, mais lentement, sans secousse, sans lever les épaules, et avoir soin qu'en tendant un bras sans roideur le long des hanches, l'autre bras balance aussi légèrement le chapeau que l'on doit tenir à la main.

DEM. Comment faut-il parler?

RÉP. Le principal est de ne point forcer, ni assourdir son organe; il faut toujours qu'un léger sourire contracte très-peu visiblement vos lèvres, mettre de la douceur dans votre prononciation, et ne jamais donner de ces éclats de voix propres aux gens communs, qui parlent dans une rue ou dans une promenade si haut, si haut, que tous les passans entendent ce qu'ils disent. Il faut que la conversation soit pour vous seul, et pour ceux avec qui vous la tenez. Il est une chose que l'on doit encore éviter, et la voici. Lorsque vous rencontrez un de vos amis intimes dans la rue, et que vous lui racontez une scène, une querelle que vous avez eue avec un de vos ennemis, et que vous ajoutez : *Sais-tu, mon ami, ce que je lui répondis alors ? Vous êtes un coquin, lui dis-je ! un fripon ! un voleur ! oui, vous m'avez volé, et vous êtes connu pour le plus grand intrigant de la terre !* Prenez garde à ne point dire cela trop haut, à ne point le dire avec humeur, avec la pâleur sur le front ; à ne point enfin prendre votre ami par le collet, le secouer rudement, ni répéter envers lui l'énergie que vous avez mise à répondre à votre ennemi ; car, si vous criez trop fort, les gens qui passent croiront que votre ami est *le coquin, le fripon, le voleur, l'intrigant* à qui vous en voulez, et vous ferez rougir son front.

Dem. N'avez-vous pas dit aussi qu'il y avait une manière de répondre?

Rép. Oui, je l'ai dit, et cette manière, ce sont les occasions qui l'indiquent; mais il faut toujours répondre avec douceur, si l'on vous dit une injure; avec modestie, si l'on vous fait un compliment. Vous devez laisser parler les gens, les laisser dire jusqu'à la fin tout ce qu'ils veulent, ne jamais les interrompre; ou, si vous le faites par inadvertance, leur demander excuse et les prier de continuer.

Dem. Vous parliez aussi des règles qu'il faut suivre pour s'asseoir et se lever?

Rép. Sans doute il y en a, et de très-importantes à observer. Si vous entrez dans un cercle ou chez une dame, ne vous asseyez jamais qu'on ne vous y ait plusieurs fois engagé, et que tout le monde ne soit assis comme vous. Si vous êtes assez familier dans la maison pour ne pas vous y gêner, asseyez-vous sans façon; mais, dans l'un et l'autre cas, c'est la même manière de s'asseoir. Relevez de chaque main les deux pans de votre habit, et, une fois assis, tenez-vous droit, sans vous étaler, sans vous vautrer à droite, à gauche; ne croisez jamais les jambes, et ne les allongez pas trop. Ne vous levez point que la maîtresse de la maison n'en ait donné à tout le monde le signal en se levant la première, si l'on sort de table; ou bien, si vous êtes forcé de vous retirer, levez-vous sans affectation, et sans pencher trop le corps, ni la tête en avant; tenez-vous droit alors; ne pirouettez pas sur un pied ou sur l'autre; dites encore quelques mots, saluez respectueusement et sortez.

Dem. C'est fort bien. Demain vous me ferez le plaisir de me dire s'il y a des règles pour se lever, s'habiller, se coucher, éternuer, cracher, tousser ; et, une autre fois, nous parlerons du style qu'on doit employer dans les lettres qu'on écrit, soit à ses parens, à ses amis ou à ses inférieurs ainsi qu'à ses supérieurs ! »

Ce petit manuel de civilité, fort bien débité par Henri et son frère Cyprien, plut infiniment à M. d'Arleville, quoiqu'il y trouvât des choses peut-être un peu niaises ou communes. Il ne s'en persuada pas moins que son fils aîné avait un bon ton, puisqu'il en donnait des leçons avec autant de détails, et il lui fit compliment de l'emploi de son tems. Tu as composé là, mon ami, ajouta-t-il, un ouvrage très-utile pour tes frères et tes cousins : je desire que chacun d'eux apprenne un chapitre, par semaine, de ton excellent catéchisme, et qu'il fasse mieux, qu'il en essaye, qu'il en pratique toutes les leçons, comme un acteur qui étudie ses gestes et ses positions.

Tous les enfans promirent à leur digne instituteur de suivre ses intentions ; et, une voiture étant entrée dans la grande cour, on en vit sortir et se présenter dans le salon, M. Ménival, ce bon ami de nos jeunes élèves, celui qui les avait tant intéressés l'été précédent, avec les histoires de *Mathieu le taillandier* et de *la Châtelaine voilée*. C'est M. Ménival! c'est M. Ménival! on n'entend à la ronde que cette exclamation, qui prouve que nos enfans attendent de cet homme aimable, quelque nouveau récit propre à les instruire ou à les distraire de leurs occupations. C'est ce que nous apprendra la journée du lendemain.

XXXVIIIe. JOURNÉE.

PERSONNAGES.

MONSIEUR D'ARLEVILLE, LE SAGE PHILBERT, MONSIEUR MÉNIVAL.

Henri, Théodore, Clara, Elisa et Cyprien.

MONSIEUR Ménival, fatigué de son voyage, avait demandé à son ami la permission de se reposer avant de parler du motif de sa visite. Il avait si bien employé sa nuit, que dix heures sonnaient lorsqu'il sortit de son appartement. M. d'Arleville et son père faisaient un tour de jardin avec les plus âgés de leurs enfans, en attendant le déjeûner, lorsqu'ils virent venir à eux M. Ménival qui, descendu dans la maison, en cherchait en vain le maître depuis un quart-d'heure. Je suis charmé, dit-il de loin à M.

d'Arleville, de vous trouver réunis dans ce charmant bosquet, vous, vos deux demoiselles, messieurs Henri, Théodore, Cyprien, et ce respectable vieillard dont tous les avis doivent être dictés par la sagesse; c'est que justement j'ai un avis à vous demander à tous, oui, un conseil utile, mûri par la réflexion, par l'impartialité, et qui doit me régler dans une affaire des plus délicates. — Comment, mon ami, reprend M. d'Arleville, seriez-vous dans le malheur? auriez-vous perdu votre épouse, quelqu'un qui vous serait cher? — Non, mon ami, grâce au ciel; madame Ménival, son aimable nièce, tout le monde se porte à merveille chez moi. L'affaire dont j'ai à vous parler ne les regarde nullement: elle est même en quelque façon étrangère pour moi, et cependant elle ne laisse pas que de m'embarrasser et beaucoup. — Expliquez-vous, Ménival. — C'est ce que je vais faire, si vous avez le tems de m'entendre. — Tout le tems que vous exigerez. — Vous serait-il égal de faire apporter ici le déjeûner ? — Avec plaisir. — Nous causerons tout en déjeûnant, et je serai bien aise que ces cinq jeunes gens m'entendent, pour qu'ils puissent aussi me donner leurs avis ; car je veux mettre dans cette occasion leur raison, leur jugement et leur sagacité à l'épreuve. C'est d'après leur décision que j'agirai, bien entendu qu'elle sera réglée par vous et par M. Philbert. C'est que l'histoire que j'ai à vous raconter est des plus singulières ! vous n'en avez jamais ouï parler de pareilles, et il me faut, pour que je m'y trouve jouer un rôle moi-même, toute l'amitié que j'avais pour.... mais n'anticipons pas sur mon récit, que je dois faire par ordre, afin de vous intéresser, si je le puis.

M. d'Arleville fit venir des fruits, du laitage : on s'assit sous un ombrage frais, au bord du joli canal, et M. Ménival prit la parole, au grand contentement des trois jeunes gens et de leurs deux sœurs, qui attendaient le récit d'une aventure sans doute très-piquante, puisque M. Ménival n'en avait jamais eu que de ce genre à leur raconter. Prêtons, comme eux, toute notre attention à cet estimable conteur.

UN COUP DU HASARD.

« Je vous ai déjà rassurés, Messieurs, sur la santé, ainsi que sur la félicité inaltérable dont jouit toute ma famille. Madame Ménival, malgré l'originalité de son caractère, est la femme la plus aimable que vous puissiez connaître : elle me rend parfaitement heureux, et moi, de mon côté, je fais tout ce qui est en mon pouvoir pour assurer son bonheur. Il n'est donc point question d'elle dans l'histoire que je vais vous dire. Vous savez que la fortune de ma femme, ajoutée à la mienne, m'a rendu l'un des particuliers les plus aisés de la France. Vous vous doutez bien qu'en homme qui a de l'ordre, en époux délicat, et sur-tout en père tendre et prévoyant (car ma femme porte en son sein un gage de notre union), je dois penser à faire des économies, des placemens. C'est dans une de ces opérations de finances que j'ai renoué connaissance avec l'homme singulier que j'ai à vous dépeindre.

On m'avait parlé d'une terre, près de Dijon, dont le prix, le produit et l'étendue convenaient parfaitement à la somme que j'avais à y mettre. Je quittai donc Paris vers la fin de l'été dernier pour aller visiter cette propriété que, sur le récit seul qu'on m'en avait fait, je voulais ajouter à mes domaines. Ce bien s'appelait le domaine de Francheville, et le propriétaire se nommait M. Boullault, nom peu distingué, et qui n'annonçait pas chez lui une naissance bien illustre. C'était en effet un vieillard de soixante-dix ans, d'un extérieur assez commun, dont l'éducation paraissait avoir été très-négligée; mais du reste, quel excellent homme! quel cœur précieux! quelle belle âme, et combien il possédait de jugement et d'esprit naturel! c'était le protecteur de tous les infortunés, l'ami, le bienfaiteur de tous les indigens. Pas un seul pauvre dans sa terre; tout le monde y jouissait d'une aisance honnête et proportionnée à son état ou à ses facultés morales. Les malades étaient visités, consolés par lui. Il mariait les jeunes pastoureaux, secourait les vieillards; il était, en un mot, chéri, adoré même de tous les habitans de Francheville. Je ne tardai pas à excuser la brusquerie de son caractère, fruit d'une première éducation manquée, en faveur de son extrême franchise et de toutes les qualités de son cœur: je fis plus, je me liài intimement avec lui, et, en moins de six semaines, il devint pour moi l'ami le plus cher que j'eusse au monde.

M. Boullault, au milieu de ses rares vertus, était néanmoins un franc original. Il était veuf et père de six grands garçons, dont le plus âgé avait trente ans et le plus jeune vingt-un. Eh bien, le croiriez-vous? il n'avait donné d'état à aucun d'eux; tous vivaient près de lui, et s'occupaient à diverses études, mais seuls, sans maîtres, et suivant leurs penchans. Il n'avait pas voulu, me disait-il sans cesse, leur donner une éducation plus soignée, ni leur faire un état, attendu qu'il avait sur eux des vues.... vues bizarres en effet, et que vous connaîtrez bientôt. Mais, quoiqu'il les eût éloignés des arts, leur goût naturel et ce sentiment secret qui pousse toujours les jeunes gens vers une honnête dissipation, les avait fait, comme je viens de vous le dire, s'écarter un peu du plan de leur père : quelques-uns d'entr'eux cultivaient la musique et jouaient de plusieurs instrumens qu'ils avaient appris sans maître, pour ainsi dire : d'autres dessinaient; celui-ci dansait avec grâce; celui-là faisait des armes avec assez de perfection; et ces talens, acquis sans leçons chez eux, n'étaient pas vus d'un très-bon œil par M. Boullault. Mon ami, je vous le répète, était un franc original, mais vous allez savoir qu'il avait bien des raisons pour l'être.

Ce n'était point par besoin, ni pour faire d'autres placemens, qu'il vendait sa terre; mais pour réaliser un projet qu'il mûrissait depuis long-tems. Cette terre valait trois cent mille livres. Je la lui avais achetée : cependant, comme il s'y plaisait, qu'elle faisait son unique consolation, et que d'ailleurs je ne voulais pas brusquement enlever aux habitans de Francheville un seigneur qu'ils regardaient tous comme leur père, bien que je me promisse de le remplacer auprès de ces bons agriculteurs, j'y laissais mon ami maître de tout, et je le pressais de l'habiter encore six mois, un an, s'il le desirait. Il n'avait pas voulu recevoir de moi l'argent de cette acquisition : il me suppliait de de le garder entre mes mains, se proposant, ajoutait-il, de me prier un jour d'en faire moi-même l'emploi d'une maniere convenable à ses intentions. J'ignorais son dessein, et je lui cédais, tant j'aurais éprouvé de chagrin en le contrariant. Il me convenait en un mot, mes amis. Mon cœur s'entendait parfaitement avec le sien ; sa philosophie était la mienne ; et, depuis la mort de mon malheureux cousin, je n'avais pas rencontré encore un homme, après vous, qui fut plus digne de mon amitié, de mon estime.

Il y avait déjà trois mois que j'étais auprès de lui, moi propriétaire de Francheville sans en jouir, lui en restant le maître, comme s'il ne l'avait pas vendu. Ma femme, ma nièce m'écrivaient pour me faire revenir, et s'étonnaient, se fâchaient même de ce que je préférais la société d'un étranger à leurs doux embrassemens, lorsqu'un événement douloureux me sépara pour jamais de mon ami, et me jeta dans l'embarras étrange où je suis encore, et dont je viens vous prier de me retirer. Suivez-moi avec attention ; c'est ici que vous allez connaître toute l'originalité de mon vieillard.

Un jour qu'il revenait, à cheval, de visiter quelque malheureux, le bonhomme fit une chûte qui le mit soudain dans le plus grand danger. On nous le ramena baigné dans son sang et prêt à rendre le dernier soupir. Des bons habitans des champs l'avaient trouvé sur la route. Ils avaient frémi en reconnaissant leur bienfaiteur dans cet état, et ces bons cœurs s'étaient empressés de faire avec des branchages, des feuilles d'arbres, une espèce de litière, sur laquelle ils portaient le blessé, en versant des torrens de larmes. Ses enfans et moi, nous nous empressâmes de le mettre au lit, de faire venir le meilleur chirurgien de Dijon, de lui prodiguer en un mot tous nos soins; mais ils devaient être inutiles. Les gens de l'art nous assurèrent que la plaie était mortelle; qu'à son âge, il ne pourrait résister aux traitemens; qu'enfin il avait tout au plus vingt-quatre heures à vivre. Vous jugez de l'excès de notre douleur! Nous restâmes auprès de lui toute la nuit, qu'il passa dans le délire du transport le plus douloureux. Dès le lendemain matin, la grille du château était assiégée de tous ses vassaux, qui demandaient à grands cris à voir leur protecteur, leur père ; j'y laissai quelqu'un pour donner de ses nouvelles à ces nombreux affligés ; je défendis qu'on en laissât parvenir aucun auprès de lui ; et, après avoir donné tous les ordres nécessaires, je remontai dans son appartement. Son délire n'était pas encore terminé : il s'agitait ; il me tendait les bras ; on voyait qu'il voulait me parler, et qu'il souffrait cruellement de ne pouvoir me communiquer un secret qui semblait l'oppresser. Le chirurgien me consola un peu néanmoins, en m'apprenant qu'il ne tarderait pas à recouvrer sa raison ; mais il ne me donna pas d'autre espoir.

En effet, vers midi, le moribond retrouva l'usage de la parole. Il me demanda, me pria de rester seul avec lui, d'éloigner ses fils, et il me tint, d'une voix faible, le discours que vous allez entendre.

« Je vais mourir, mon bon et sincère

» ami ! Je vais rendre compte à Dieu de » mes actions... De mes actions ! ... Il » en est une, une sur-tout qui, toute » ma vie, m'a fait verser bien des lar» mes, et qui trouble encore aujourd'hui » ma conscience ! C'est la seule que je » puisse me reprocher... Eh ! que vais» je devenir, si Dieu ne me la pardonne » pas plus que je me la suis pardonnée » à moi-même ! ... Ecoutez-moi ; les » momens sont précieux ; je ne me dis» simule pas mon état, il est désespéré, » je le sais ! Dans une heure, dans un » instant, je puis mourir, et ce n'est pas » la mort qui m'effraye, c'est la juste co» lère du Juge suprême, devant lequel » je vais paraître ! .. »

Il s'interrompit ; je le rassurai en lui offrant quelques motifs de consolation. Il reprit un peu plus de sérénité, et continua en ces termes :

» Je ne suis né, mon ami, ni noble, » ni lettré, ni même riche. Ma fortune » ne me vient point de patrimoine ; elle » n'est pas non plus le fruit de mes tra-

» vaux. Je dois tout ce que je possède » aux bienfaits d'un homme.... Quel » homme! Je l'avais pourtant cruelle- » ment outragé. . . . mais c'était un » cœur ! ... Il me pardonna, lui; puisse » le Créateur imiter son exemple ! Je » vais vous le faire connaître, cet homme » respectable ; et vous conviendrez sans » doute qu'il était l'unique sur la terre ».

« Je suis le fils de pauvres marchands, » qui gagnaient leur pain à la sueur de » leur front. Oui, mon père était mar- » chand mercier, vendant des toiles, » des mousselines, courant les foires, » n'ayant aucun domicile fixe, et tra- » vaillant beaucoup pour gagner bien » peu de chose. Je me disais cent fois : » est-il possible qu'il faille à de certains » individus tant de peines, de travaux, » de soins, de déplacemens, pour ga- » gner à peine en toute leur vie ce » qu'un agioteur, un homme de finance, » se procure en une minute et d'un » seul trait de plume, dans son cabinet ! » Je voyais mon père (à l'âge de vingt ans je n'avais plus de mère), je le voyais, dis-je, porter des ballots, courir du nord au midi; et cet honnête-homme, qui m'avait élevé assez bien, sans me donner pourtant une brillante éducation, encore moins des talens, ce brave homme n'avait pas encore une aisance assurée pour sa vieillesse! Je réfléchissais; je commençais à me pénétrer de cette philosophie que vous m'avez connue depuis, et je me promettais bien de ne jamais prendre un métier si pénible et si peu lucratif. Mais lequel? Que devais-je faire par la suite? Je n'avais ni talens, ni fortune; et, en attendant que je me décidasse, ou que le sort m'offrît une occasion de faire mieux, j'aidais mon pauvre père, et j'apprenais son petit commerce.

« Je comptais vingt-deux ans lorsque je le perdis. Vous vous doutez que sa mort me coûta bien des larmes; je pris mon parti néanmoins. Je n'avais aucun goût pour son état,

» je vendis toutes ses marchandises ; et, » comme, vu l'ordre et l'esprit d'éco- » nomie dont mon père était doué, il » n'avait laissé aucune dette, je me vis » possesseur d'une somme de vingt mille » francs. Vingt mille francs pour un » jeune homme, et vingt mille francs » en or, dans une bourse, sur soi, » dont on peut faire ce qu'on veut, c'est » un très-bel avoir n'est-ce pas ? Je » crus que la terre, comme l'on dit, ne » me manquerait jamais. Je m'imaginai » qu'en gardant ce trésor, sans le faire » valoir ; qu'en y puisant même tous les » jours, pour fournir à mes besoins, » j'en aurais pour toute ma vie : je me » décidai donc à ne rien faire du tout. » Non pas que je voulusse vivre en pa- » resseux, en homme inutile sur la » terre ; mais je me promis d'attendre » que les événemens me procurassent une » place, une occasion de travailler plus » utilement que ne l'avait fait mon père, » et je me remis à la providence du soin » de m'offrir cette occasion favorable.

« » En attendant, je me mis à voyager,
« » pour me distraire et voir du pays; mais
« » je voyageais modestement, sans voi-
« » ture, à pied autant que je le pouvais,
« » faisant peu de dépense, et ménageant
« » ma finance, afin qu'elle me menât le
« » plus loin possible.

« C'est dans le cours de ce voyage,
« » qu'il m'arriva l'aventure la plus sin-
« » gulière!... que je commis même un
« » crime affreux, dont vous me voyez au-
« » jourd'hui repentant, contrit et trop
« » justement effrayé!.... J'étais à Dijon,
« » que je visitais, comme les autres villes
« » de France, par pure curiosité. J'avais
« » un petit logement chez une bonne fem-
« » me, qui avait coutume d'aller causer
« » toutes les soirées chez sa fille, fer-
« » mière dans la campagne, à un quart
« » de lieue de la ville. Cette bonne femme
« » m'avait pris en amitié. Toute la jour-
« » née, nous la passions ensemble à con-
« » verser, à nous entretenir des curiosités
« » de la province; et le soir, elle me
« » quittait pour se rendre chez sa fille,

» tandis que j'allais, moi, tuer le tems
» dans un café, ou dans un autre lieu
» public. Un soir, il était huit heures
» à-peu-près et nous étions dans le com-
» mencement de l'automne ; j'étais dans
» un café à lire des journaux, en pre-
» nant tranquillement une bavaroise ; un
» jeune-homme fort bien vêtu, un étourdi
» de dix-huit à vingt ans au plus, entre,
» pirouette devant une glace, se mire,
» et ne faisant qu'un saut jusqu'à ma
» table, il s'y asseoit ; mais, avant, il
» me marche sur le pied d'une manière
» si lourde qu'il m'en fait jeter un cri
» aigu. Mon jeune fat se met à rire, en
» me demandant ce que j'ai. — Ne le
» devinez-vous pas, lui dis-je avec hu-
» meur ? Vous venez de m'estropier. —
» Bah ! Monsieur est estropié ! Il me
» persuadera qu'un homme léger comme
» moi, le meilleur danseur de la ville,
» j'ai pu l'estropier !

« Il se met à rire de nouveau. Je veux
» lui représenter l'indécence de sa con-
» duite ; il continue à plaisanter, à me

» persiffler... Ma foi, je m'emporte, et » dans l'excès de mon indignation, je le » traite de grossier, de manant; l'ex- » pression de polisson même m'échappe, » et mon jeune-homme, prenant sur-le- » champ un ton plus sérieux, me pro- » voque au combat. Il n'était ni dans » mon caractère, ni dans les convenan- » ces de reculer; j'accepte le défi, il se » lève, et je le suis. Mon adversaire » me laisse le choix des armes, je lui » propose le pistolet; il entre chez un » arquebusier, achète les armes fatales, » tout ce qu'il nous faut, et nous sortons » de la ville au milieu de l'obscurité la » plus parfaite. En route et tout en le » suivant, je me repentais d'avoir aussi » légèrement cédé à une pareille provo- » cation. Ma philosophie me démontrait » combien il est ridicule, barbare même » d'aller s'égorger, parce qu'on vous a » marché sur le pied. La honte d'une » pareille conduite, un secret pressen- » timent peut-être, m'avertissaient que » j'allais outrager la raison, l'humanité,

» tous les principes d'un homme sage, » prudent ; et je réfléchissais ainsi, sans » dire un mot, lorsque l'inconnu s'arrêta » dans un champ isolé de toute habita- » tion. Je voulus alors le faire revenir » sur ses pas, et ramener ce jeune homme » à une conduite plus digne de lui et de » moi. Je serais fâché, lui dis-je, Mon- » sieur, de vous arracher la vie pour si » peu de chose. Veuillez convenir seu- » lement que vous avez eu tort de m'in- » sulter, et je serai satisfait. — Vous » moquez-vous de moi, reprit-il ? » vous vous flattez déjà d'être le vain- » queur, et vous me demandez une ré- » paration quand c'est vous qui me la » devez ; c'est dans le sang qu'un pareil » outrage doit se laver. — Il est possi- » ble, Monsieur, que j'aie eu tort de » m'emporter. — Il n'est qu'une manière » de réparer ce tort dont vous convenez. » — Mais daignez réfléchir. — Je ne » réfléchis jamais. — Tant pis pour » vous..... Cependant, si vous avez des » parens, songez... — Mes parens m'ont

» instruit sur le point d'honneur. —
» Peut-on le faire consister dans les
» mots ! — Qu'est-ce à dire ? Vous
» reculez, mon petit Monsieur, vous
» avez peur, votre courage vous aban-
» donne!.. Je ne sais qui me tient qu'une
» paire de soufflets ! ....

» Cette indigne menace me rendit toute
» ma colère. Je dis mille injures à ce fan-
» faron, et le sort m'ayant assigné le
» premier coup à tirer, j'eus la douleur
» de le voir tomber mort à mes pieds.
» Cette horrible catastrophe me fit un
» mal affreux. C'était la première fois
» que je me battais, et que par consé-
» quent je tuais un homme. Je me
» précipitai sur le cadavre de mon en-
» nemi ; je voulais le ranimer, et je
» lui prodiguais tous mes soins à cet
» effet, lorsque la bonne femme qui me
» logeait parut. . . . Elle revenait de la
» ferme de sa fille à la ville. Le coup
» de pistolet l'avait fait diriger ses pas
» de notre côté. Elle voit un homme
» mort, et un autre qui se jette dessus.

» La vieille reconnaît mon adversaire, » me reconnaît aussi, et, joignant ses » mains, elle s'écrie : Miséricorde ! qu'a- » vez-vous fait ? Vous êtes perdu si vous » ne vous sauvez ! Vous venez de tuer » le plus riche héritier de Dijon ! — » Qui donc ? — Sauvez-vous, vous dis- » je, vous n'avez pas un moment à per- » dre. — Eh bien, rentrons ensemble au » logis ; demain, nous verrons !..— Par » la Sainte-Vierge, je me garderais bien » de vous garder une nuit chez moi, je » me perdrais avec vous. — Comment, » que faut-il que je fasse ? — Fuir, vous » sauver.... J'entends courir vers nous » de tous les côtés. Voyez-vous, ces » gens armés, là-bas ; par ici ces hom- » mes qui s'avancent !... On vous cher- » che, mon dieu, partez ; pour moi, » que le ciel me préserve de rester là plus » long-tems.

» La vieille me quitta, et, voyant » en effet beaucoup d'agitation dans la » campagne, je suivis le premier sen- » tier qui s'offrit à ma vue, et je cou-

» rus à toutes jambes vers un château » que je vis éclairé à un demi-mille de » moi. Je ne savais où j'allais, ce que » je faisais. Le galop de plusieurs che- » vaux frappait mon oreille; des cris con- » fus se mêlaient à ce bruit, et je m'ima- » ginais que toute la maréchaussée de » l'endroit était à ma poursuite.

» Par bonheur pour moi la grille » du château était ouverte, et personne » ne se présentait pour arrêter mes pas. » Je me précipitai dans un salon où je » trouvai un homme d'une soixantaine » d'années, en déshabillé du soir, et » qui lisait auprès d'un bon feu, à la » lumière de plusieurs bougies. Mon- » sieur, Monsieur, lui dis-je, êtes-vous » le maître? — Oui, jeune homme, qu'a- » vez-vous? — Monsieur, sauvez-moi, » secourez-moi? — Que demandez-vous? » — L'hospitalité, pour cette nuit seule- » ment. — L'hospitalité? je ne l'ai ja- » mais refusée à personne, encore moins » aux malheureux; car vous me parais- » sez... — Bien infortuné, Monsieur,

» et bien coupable. Je viens de tuer un » homme. — Misérable ! et vous osez ? » — Dans un combat singulier, Monsieur, oh, ce n'est pas un lâche assassinat ! — Je vous entends, un duel... » Jeune fou ! contez-moi... Ne craignez » rien. Vous regardez de tous les côtés ; » on vous poursuit peut-être ? Ne redoutez rien, vous dis-je. Si vous avez » été provoqué, si vous êtes innocent, » vous êtes chez moi plus en sûreté que » par-tout ailleurs. Voyons, donnez-moi votre main ; calmez-vous, et dites-moi comment ce malheur est arrivé.

» La bonté, la franchise et la douce » protection que m'offrait cet homme, » tout m'encouragea à lui raconter mon » aventure dans laquelle je n'omis aucune circonstance. Je lui fis part de » tous les moyens que j'avais pris pour » ramener mon fanfaron à la raison ; je » lui prouvai qu'ils avaient été inutiles ; » et quand j'eus fini de parler, l'inconnu leva les yeux au ciel, soupira » en s'écriant : Voilà bien les hommes !

« » ils ne se sont jamais vus, ils ne se
« » connaissent nullement, et ils s'égor-
« » gent parce que l'un d'eux a marché
« » sur le pied de l'autre, comme si la
« » réputation, le bonheur, l'honneur en-
« » fin dépendaient de la maladresse ou
« » de l'attaque d'un brutal ! Le voilà bien
« » avancé, votre imprudent ennemi ! il
« » n'est plus, je ne le plains pas. Mais
« » il a peut-être un père, une tendre mère,
« » de bons parens que sa mort va plon-
« » ger dans un deuil éternel. Pauvres vieil-
« » lards, que direz-vous quand on vous
« » rapportera votre fils privé de la vie !
« » Ah, qu'une pareille situation est af-
« » freuse !... Mais puisqu'il faut absolu-
« » ment que les hommes s'entredétrui-
« » sent pour un oui, pour un non, celui-
« » ci a mérité son sort, si vous m'avez
« » dit la vérité ; et je vous crois ! Vous
« » avez la candeur de la jeunesse sur ce
« » front ingénu, et vous me paraissez
« » sensible. Ne pleurez point. (*Je ver-
« » sais un torrent de larmes*) ; votre dou-
« » leur, vos regrets honorent votre âme.

» Ce n'est point sur le danger que vous
» avez couru, que vous les exhalez ces
» tristes regrets; c'est sur le meurtre que
» le sort vous a forcé de commettre. Tant
» de repentir vous honore; et je suis sûr
» que votre ennemi lui-même, s'il pou-
» vait en être témoin, ou ceux à qui il
» appartient, vous pardonneraient. Al-
» lons, jeune homme, du courage, de
» la fermeté, il en faut! je vous répète
» que vous ne craignez rien ici. Vous al-
» lez y passer la nuit, et demain je m'in-
» formerai du nom de votre victime. Quel
» qu'il soit, ce fat, s'il est de ce pays-ci,
» j'ai assez de crédit pour vous obtenir
» votre grâce, et vous ne me quitterez
» plus, si toutefois vous êtes libre. —
» Très-libre, Monsieur.... Mais com-
» ment, vous auriez la bonté ?... — Oui,
» je ne sais ce qui me plaît dans toute
» votre personne; mais vous m'attachez
» à vous, vous m'intéressez à un point!...
» Vous serez mon secrétaire.... Je de-
» vrais en avoir un qui se fît un devoir!...
» Mais enfin, il m'en faut, je ne puis

m'en passer, vous occuperez cette place que ma reconnaissance et mes bienfaits vous rendront, je l'espère, bien douce !

» Je veux me précipiter aux pieds de cet homme respectable : il me reçoit dans ses bras et me dit, en accueillant les marques de ma gratitude : N'allez pas tromper l'espoir que votre jeunesse et votre sensibilité font naître en mon cœur. Si vous le détruisiez, l'heureux pressentiment que j'aurai en vous un ami, vous me feriez bien du mal.

» Je lui protestai qu'il n'aurait pas de serviteur plus zélé que moi, et cet homme généreux sonna. Un domestique parut ; il sembla fort étonné de trouver là un étranger qu'il n'avait pas vu entrer dans le château. Mon bienfaiteur lui dit d'un air triste : Est-on rentré ? — Non, Monsieur, pas encore. — Tous les jours la même chose !

» Et il soupira.

» Puis il ajouta : Qu'on nous serve. Monsieur soupe avec moi.

» Le domestique sortit, et reparut
» bientôt portant, avec un autre, une
» petite table à deux couverts, et servie
» d'une colation légère, mais saine. Met-
» tez-vous là, me dit le maître, et tâ-
» chez de retrouver votre appétit. Je suis
» veuf depuis long-tems, et bien aban-
» donné !... J'allais souper seul... ce qui
» m'arrive presque tous les soirs. Au-
» jourd'hui du moins, j'aurai une com-
» pagnie.

» Et il se mit à souper, sans pronon-
» cer une parole, mais d'un air très-cha-
» grin, et regardant sans cesse la porte,
» comme desirant qu'elle s'ouvrît pour
» offrir à ses regards quelqu'un qu'il
» attendait apparemment. J'imitais son
» silence, avec de puissans motifs sans
» doute, et ne pouvant toucher à aucun
» mets, quoiqu'il m'engageât du doigt
» ou de l'œil à suivre son exemple. Un
» quart-d'heure s'écoula ainsi... Il parla
» enfin : Avez-vous, me dit-il, votre
» père ? — Hélas, Monsieur, je l'ai
» perdu, ce père chéri ! — Il est bien

« » heureux ! — Heureux !... Seriez-vous « » père, et vos enfans auraient-ils l'in- « » gratitude ?... — Je n'ai qu'un fils, « » mon ami ; mais un fou, une mauvaise « » tête qui fera, toute ma vie...

» Ici nous sommes interrompus par « » l'arrivée d'une espèce de maître Jac- « » ques, qui, pâle, effrayé, s'écrie en « » s'adressant à son maître : Ah ! mon- « » sieur, aurez-vous la force de supporter « » le coup affreux que je vais vous por- « » ter. — Quel coup ! qu'est-il arrivé ?... « » — Monsieur votre fils... — Eh bien ! « » — On vous le ramène. — Comment, « » on me le ramène ? — Oui, Mon- « » sieur.... Mort, tué en duel ! — Tué « » en duel ! Où est-il ? — Là, dans l'au- « » tre chambre. Il y a une heure que nous « » courons pour cela tous, il faut vous « » le dire. — Grand Dieu ! Comment « » avez-vous su ? — Par son valet-de « » chambre, par Jacques qui, l'ayant « » quitté un moment tantôt, a été pour « » le retrouver dans le café où monsieur « » le chevalier avait coutume de se ren-

» dre tous les soirs. — Après ? — Il n'y
» était plus ; mais la maîtresse apprit
» à Jacques que son maître avait eu dis-
» pute avec un inconnu, à qui il avait
» marché sur le pied.... Quelle niai-
» serie !.... Que monsieur le chevalier
» et l'inconnu étaient sortis pour aller
» se battre ; qu'elle n'avait personne là
» pour les faire suivre, et qu'enfin on
» ignorait la route que les combattans
» avaient prise.

» Vous jugez, mon cher Ménival, de
» ma situation pendant cet affreux récit !
» c'était justement chez le père de ma
» victime que j'étais venu demander un
» asyle... Et ce malheureux père était un
» homme de condition ! et ce bienfaiteur
» était là, devant moi ; il soupait avec
» l'assassin de son fils !...

» La conformité du récit du concierge
» avec le mien frappa le maître du châ-
» teau, qui soudain me lança un regard
» d'indignation. Puis, s'adressant au do-
» mestique, il lui dit : On les a donc
» trouvés enfin, ces deux furieux ? —

» Non, Monsieur. Jacques a cherché de tous les côtés, mais inutilement : il est arrivé ici tout défiguré, dans un état !... il nous a fait part de cet événement. Nous nous sommes tous séparés alors, en courant sur divers points, et c'est Jacques avec le frotteur qui à la fin, monsieur le Comte, ont trouvé là-bas, derrière les grands noyers, votre malheureux fils baignant dans son sang, et mort, ah ! bien mort. Son adversaire avait disparu.
» — Qu'on me l'apporte ici, qu'on le mette sous les yeux de son père, cet unique fruit du plus tendre hymen !

» Le domestique sort. Mon bienfaiteur se retourne vers moi, et me dit, en versant un torrent de larmes : Eh bien, Monsieur, connaissez-vous l'assassin de mon fils !....

» Je veux lui répondre... impossible ! je change de couleur, et je perds connaissance.

» J'entends, dans le commencement de mon évanouissement, que monsieur

» le Comte s'écrie : Hola, quelqu'un ? » qu'on secoure cet homme !... Et j'ou- » vre les yeux pour voir ce père infor- » tuné se rouler, pour ainsi dire, et » pousser des gémissemens sur le corps » de son fils, qui est bien l'adversaire » que j'ai privé du jour !...

» Quelle scène, Ménival, quelle » scène ! elle est encore présente à ma » mémoire !... Je vous l'abrégerai. Pâle, » tremblant, défait, j'attendais mon ar- » rêt de la bouche du comte. Cet excel- » lent homme, après avoir donné un » libre cours à sa douleur, dit à Jacques, » le valet-de-chambre de son fils : Pour- » quoi avez-vous quitté votre maître ? — » Monsieur.... il m'ordonnait.... sou- » vent.... le soir.... comme ça, de le » laisser seul. Vous savez qu'il avait de » certaines cotteries où il ne voulait pas » de témoins. — En voilà assez. Que » vous a dit la maîtresse du café sur l'o- » rigine de la dispute de mon fils avec » l'inconnu ? — Qu'il avait tort. — » Qui ? l'inconnu ? — Non, Monsieur ;

« » mais monsieur le Chevalier. C'est vo-
« » tre fils qui a commencé la dispute, qui
« » l'a suivie, qui a voulu se battre enfin;
« » car il avait affaire à un jeune homme
« » très-doux et très-honnête; ce sont les
« » expressions de madame Constant.

» Soudain les larmes du Comte se ta-
« » rissent. Sa physionomie devient som-
« » bre, concentrée. Il détourne la tête,
« » fait un geste de la main pour qu'on
« » éloigne de ses yeux le cadavre de son
« » fils, et tout le monde disparaît.... je
« » reste seul avec mon juge.

» Il se lève, fait deux ou trois tours
« » dans l'appartement, et cela sans m'a-
« » dresser une parole. Je me lève à mon
« » tour, et, le suivant, je m'écrie: Vous
« » ne me punissez pas, Monsieur! vous
« » ne vengez pas sur un misérable la mort
« » de votre fils unique?

» Il s'arrête.... me dit à demi-voix et
« » et du ton le plus sérieux: Vos traits
« » sont-ils connus de quelqu'un ici? —
« » De personne! — On ne vous a point
« » vu, dans ce combat funeste? — Aucun

» témoin.... — Je vous ordonne de cacher à tout le monde que vous soyez l'auteur de cet accident. Vous m'entendez ? — Monsieur ! — Qu'aucun de mes gens ne s'en doute?... Allez, suivez Jacques qui va vous conduire à votre appartement. Demain vous saurez mes intentions.

» J'allais sortir... il me rappelle, il ajoute avec douceur : Reposez-vous, malheureux ; regardez-vous comme très-en sûreté chez moi. Quels que soient mes projets sur vous, ils ne seront jamais ceux d'un lâche qui livre au glaive des lois un ennemi désarmé, ou qui abuse de l'hospitalité que le hasard, la franchise et la confiance lui ont fait demander.

» Il me tendait la main, ce respectable homme. Je voulus la saisir, la couvrir de mes baisers, la baigner de mes larmes. Il la retira avec un mouvement d'indignation, d'horreur même, comme pour m'avertir que ce mouvement de mon cœur était dépla-

» cé, ou au moins trop précipité, et il » me fit une seconde fois signe de m'é- » loigner.

» J'obéis.

» Jacques, qu'il sonna, me conduisit » tout en pleurs (car il regrettait son » maître) à l'appartement qui m'était » destiné, et j'y passai la nuit la plus » cruelle, comme vous pouvez vous en » douter.

» Quelle position, encore une fois! ja- » mais homme s'est-il trouvé dans une » semblable à celle-là?.. Est-il un hom- » me qui, à ma place, se serait senti le » courage de rester dans la maison d'un » père qu'il aurait si cruellement ou- » tragé? Ce père était irrité. Il tenait » chez lui l'assassin de son fils. Il pou- » vait, le lendemain, le livrer aux tri- » bunaux. Tout autre que moi peut-être » aurait cherché à se sauver dans la nuit! » je ne fis point ces réflexions; je ne » conçus aucun projet. Je ne pensai » point à fuir, non : je n'osai pas même » soupçonner la délicatesse de mon hôte,

» qui m'avait inspiré une vénération, » une estime sans bornes. Je ne songeai » qu'à mon imprudence, qu'à l'excès de » sa douleur, et je le plaignis sincère- » ment, en m'accusant d'être l'auteur de » sa juste affliction.... Vous allez voir, » mon ami, que monsieur le Comte mé- » ritait tous ces sentimens de ma part, » et que de plus, à un grand fonds de » philosophie et d'honneur, il joignait » une certaine originalité qui n'a pas peu » contribué à me donner à moi-même une » espèce de bizarrerie dans le caractère.

» J'étais plongé dans les plus tristes » réflexions, lorsque le jour parut. Je » vous ai déjà dit que nous étions dans » l'arrière-saison; il était alors six heu- » res et demie à-peu-près. J'entends frap- » per doucement à ma porte. J'ouvre, et » je reste terrifié en voyant paraître mon- » sieur le Comte qui, enveloppé d'une » grande redingotte dans laquelle il ca- » che ses mains, me dit du ton le plus » sérieux : Veuillez me suivre, Mon- » sieur? — Où, Monsieur le Comte.

» — Point de bruit, vous le saurez. Sur-
» tout prenons garde à être vus de per-
» sonne.

» N'espérant point goûter du repos,
» je ne m'étais point déshabillé la veille,
» je suivis donc avec la même confiance
» mon hôte qui, m'ayant fait sans mot
» dire descendre l'escalier et entrer dans
» son parc, s'y enfonça avec moi. Quand
» il fut bien sûr que nous ne pouvions
» être surpris par qui que ce fût, il jeta
» sa redingotte, et découvrit à mes re-
» gards deux épées nues !... Je frémis.
» Vous avez tué mon fils, me dit-il, il
» est juste que vous m'accordiez la satis-
» faction de venger sa mort. — Ah,
» Monsieur, c'était la seule grâce que
» j'osais, hier, implorer de vous. Voilà
» mon sein, frappez. — Comment! que
» je vous assassine, sans que vous vous
» défendiez ! me croyez-vous assez lâ-
» che! — Et vous exigeriez qu'après
» avoir immolé le fils, je tournasse mes
» armes contre le père ! — Il le faut.
» L'honneur le prescrit ! — Contre mon

» bienfaiteur, mon ami! pardon de ce » mot qui m'est échappé? — Oui, votre » ami, ton ami, jeune homme, je veux » l'être, je le serai, tu as sur moi un as- » cendant... mais il faut mériter ce nom. » Je ne puis pas faire mon ami de l'hom- » me qui m'a privé de mon fils. Il faut » auparavant que l'honneur ait repris ses » droits, ait effacé mon offense, nous » ait enfin rendus étrangers l'un pour » l'autre. Prends cette arme. — Jamais! » — Je le veux, sinon je me vois forcé » d'implorer contre toi la vengeance des » lois.

» Je me jette à ses genoux! De grâce, » mon généreux bienfaiteur, que de- » mandez-vous? — Que tu te lèves, et » que tu me fasses raison de la mort de » mon fils. — Je ne le puis. — Il le » faut, te dis-je; mais ne t'effraie pas. » Au premier sang... — Je vous entends, » et je suis prêt.

» Je prends une des deux épées, dans » l'intention de n'en faire aucun usage » et de me laisser percer d'outre en outre

« » plutôt que de me défendre. Il exige en-
« » core que nos épées se croisent. Je cède,
« » et soudain je me sens blessé au bras
« » gauche d'une légère piqûre. C'est
« » assez, me dit le Comte. Embrasse-
« » moi, tu n'es plus mon ennemi, mon
« » fils est vengé, l'honneur est satisfait.

» Etourdi d'un événement aussi sin-
« » gulier, je suis le Comte qui jette au
« » loin les armes et me fait asseoir près
« » de lui, après m'avoir enveloppé de son
« » mouchoir ma blessure qui n'était rien,
« » puisqu'à dessein sans doute il n'avait
« » fait qu'effleurer mon bras de la pointe
« » de son épée. Jeune homme, me dit-il,
« » mon fils avait mérité son sort, hélas!
« » il était bien loin de faire ma consola-
« » tion. Avec sa tête folle et sa conduite
« » dissipée, il était le tourment de ma
« » vieillesse qu'il aurait abrégée... Néan-
« » moins, à l'heure de sa mort, mon sein
« » paternel a dû s'émouvoir.... Tàchons
« » de l'oublier et dis-moi, avant que je
« » te communique mes projets, qui tu es,

» quelles sont tes mœurs et tes résolu-
» tions.

» Je le satisfis avec sincérité sur tous ces points. Il m'embrassa et continua : » Je suis, mon cher ami, l'artisan de » ma fortune ; quoique né noble, je » n'eus point de patrimoine. J'en ai une » assez considérable. Je suis veuf, je » n'ai plus de fils, pas un seul parent » en France, tiens moi lieu du fils que » tu m'a ravi. — Moi, monsieur le » Comte ! — Oui, toi. J'avais besoin » d'aimer, d'estimer sur la terre un être » dont le cœur s'entendît avec le mien. » Tu es cet être là. Si tu avais fui de » ma maison, cette nuit ; si tu n'avais » pas eu confiance en mes promesses, » en la délicatesse dont je me pique, » je ne t'aurais pas regretté ; je me serais » dit : il m'a mal jugé, il ne m'a pas » connu; il est timide, incapable de croire » à des procédés généreux, il n'est plus » digne de mon attention. Ta confiance » au contraire, ton estime pour moi,

» tout te rend digne de mon amitié, et » je te la donne. Sois mon fils, mon » ami, et deviens mon héritier.

» Je serrai dans mes bras cet homme » inconcevable, et nous rentrâmes au » château, où nous fîmes rendre les hon- » neurs funèbres au chevalier, sans que » personne se doutât qu'il eût péri par » mes mains, encore moins que je dusse » lui succéder dans le cœur de son père » et dans sa fortune.

» Vous voyez, mon cher Ménival, » que les évènemens sont quelquefois » favorables aux uns quand ils en per- » draient mille autres. C'est à la pre- » mière et à la dernière folie de ma jeu- » nesse que j'ai dû la fortune et le bon- » heur. Car ce château où m'arriva cette » aventure surprenante, c'est celui-ci, » c'est celui que vous m'avez acheté. M. » le Comte me l'a légué en mourant, après » m'avoir accablé de bienfaits. Il a fait » plus, cet homme généreux, il m'a » donné de sa main une épouse qui m'a » rendu parfaitement heureux pendant

» trente-deux ans, que j'ai perdue il y a
» plusieurs années, et à qui je dois les six
» enfans que vous me connaissez. Enfin
» j'ai tout reçu de ce rare bienfaiteur,
» et je dois à son commerce, un peu
» original, au fruit des conversations
» philosophiques que nous avions en-
» semble, le plan bizarre que je me
» suis tracé pour ce qui regarde la suc-
» cession que je dois laisser à mes six
» fils.

» Mais j'ai beaucoup parlé déjà ; je
» sens que cela m'a fatigué, que je m'é-
» teins insensiblement. Mon ami, lais-
» sez-moi me reposer une heure seule-
» ment. Dans une heure vous reviendrez;
» et si j'existe encore, je vous ferai part
» des dispositions que j'ai formées, et
» dont je prendrai la liberté de confier
» l'exécution à votre amitié ».

M. Boullault suspendit là son intéressant récit, qu'il reprit quelque tems après lorsque je remontai chez lui suivant nos conventions.

Ici l'heure de l'étude appella les enfans de M. d'Arleville à leurs travaux recpectifs, M. Ménival rentra avec eux à la Chartreuse, et il ne put reprendre que le lendemain le fil de sa narration.

XXXIXe. JOURNÉE.

PERSONNAGES.

M. D'ARLEVILLE, LE SAGE PHILBERT, M. MÉNIVAL.

Henri, Théodore, Clara, Elisa et Cyprien.

MONSIEUR Ménival avait demandé à M. d'Arleville que les cinq jeunes gens qui l'avaient écouté la veille, fussent seuls présens à la suite de son récit. Il le reprit donc devant eux en ces termes, et dans le même bosquet du jardin où il l'avait commencé la veille.

LES TABLETTES

DES SIX FRÈRES.

» Je remontai, mes amis, ainsi que je vous l'ai dit hier chez M. Boullault,

Les Tablettes des six Frères.

La Lanterne magique.

qui, bien qu'à l'article de la mort, avait encore assez de force pour me dicter le plus singulier testament que j'aie jamais connu de ma vie. Ecoutez-moi avec attention.

» Depuis que j'ai perdu, continua M. Boullault, mon bienfaiteur qui m'a laissé comme je vous l'ai dit, ce château, des terres, j'ai fait de singulières réflexions sur l'origine de ma fortune! A qui la dois-je, me suis-je demandé, cette fortune honnête, à laquelle je n'avais aucune prétention? Je ne l'ai acquise ni par mes talens, ni par mes travaux, ni par mon activité, ni enfin par aucune espèce de mérite. Bien différent des autres hommes qui s'enrichissent par leur travail, ou par des héritages, je ne pouvais pas espérer d'arriver à leur but sans faire aucune chose qui en fût digne. Au contraire, c'est à une action coupable que je dois ces richesses, et le crime a été pour moi la source du bonheur! Cette idée est affreuse, et cet exemple serait trop

» immoral si je ne lui donnais un cor-
» rectif, si je ne me hâtais de l'effacer
» de la liste nombreuse des bizarreries
» de la fortune. Ne laissons point à mes
» enfans un héritage que leur père n'a
» pas mérité, qu'ils n'ont point mérité
» eux-mêmes, et dont peut-être ils rou-
» giraient, s'ils avaient plus de délica-
» tesse que moi. Qu'il soit le fruit d'une
» action utile, et qu'ils réparent l'in-
» justice que le sort à commise envers
» moi..... Vous me regardez, mon cher
» Ménival; vous paraissez tout étonné
» d'un discours aussi singulier? Ne l'at-
» tribuez pas à la faiblesse de ma raison;
» ne le prenez point pour l'effet du dé-
» lire dans lequel m'a jetté le cruel ac-
» cident qui me plonge au tombeau.
» Grâce au Ciel, si mon corps est livré
» aux souffrances, ma tête est toujours
» bien saine. Je possède encore, mais
» pour un seul instant peut-être, toutes
» mes facultés morales. Je profite de cet
» instant pour vous prier d'écrire, sous
» ma dictée, mes dernières dispositions.

« » Prenez une plume, de l'encre, du pa-
« » pier, et veuillez être le secrétaire et le
« » dépositaire de mon testament.

» Je fis ce qu'exigeait ce vieillard, bien original, n'est-il pas vrai? et, sans vous répéter mot à mot ce qu'il me dicta, je vous dirai seulement ses principales dispositions. Sur les trois cents mille francs que j'avais à lui entre les mains, pour l'acquisition de sa terre, il me priait d'en distraire, soudain après sa mort, cent vingt mille livres que je partagerais par sixième entre ses six enfans, c'est-à-dire, par vingt mille francs à chacun d'eux. Tous les six devaient partir ensuite, voyager, et ne revenir chez moi qu'au bout de six mois. Alors les cent quatre-vingt mille livres qui restaient, devaient être distribués par tiers, savoir, soixante mille francs à celui des six qui, pendant le cours de son voyage, aurait fait *l'action la plus utile à l'état*.... Soixante mille francs à celui que je jugerais avoir fait *l'action la plus utile à la société*..... Et enfin, les autres soixante mille livres pour un autre qui aurait fait *l'action la plus utile à soi-même.* Concevez-vous bien cela? Trois actions à récompenser; l'une *la plus utile à l'état*; l'autre *à la société*, et la troisième *à soi-même.* Trois seulement des six fils devaient toucher les récompenses promises, c'était donc établir une lutte d'émulation entr'eux. Pour ceux qui n'auraient mérité ces espèces de primes ils devaient se contenter de leurs premiers vingt mille francs, et d'un sixième dans la vente du mobilier, que je devais partager également entre les six frères, quels que soient les vainqueurs à qui cette part devait faire un surcroît de fortune.

» Tel était le testament de M. Boullault, et tel je l'écrivis sous ses yeux. Quand cette opération fut faite, il le signa, approuva l'écriture et me pria de le garder. Ensuite, ayant fait venir ses enfans qui pleuraient amèrement, il leur dit ce peu de mots : Rodolphe, Abel, Estève, André, Casimir et Joachim, je vais mourir, et je vous engage à n'être pas plus affligés de ma mort que moi-même ; car il faut que je finisse, et vous ne m'avez pas une très-grande obligation de l'existence qui n'est jamais heureuse sur la terre, encore moins d'une fortune que je n'ai rien fait pour vous acquérir, et dont vous ne jouirez pas même aussi facilement que vous pourriez l'espérer. Quand je ne serai plus, réunissez-vous tous dans le salon du jardin, autour de cet ami qui vous dira alors quelles furent mes intentions à votre égard. Songez que mes dernières volontés sont sacrées, irrévocables, et que j'attends de votre amitié pour moi, des principes vertueux dont vous êtes tous doués, que vous vous y conformerez avec la plus scrupuleuse exactitude.

Ainsi parla M. Boullault, et ses enfans baisèrent sa main droite avec laquelle il leur donna sa bénédiction paternelle.

Si je vous faisais un roman, mes amis, je vous dirais que le vieillard sem-

blait n'avoir attendu que ce moment p
expirer, qu'il lui prit soudain un
lire qui lui fit rendre le dernier sou
car, dans ces sortes de fictions, c'est
sage qu'un père meure soudain a
avoir fait son testament, pardonné à
coupables, ou béni ses enfans.... M
comme mon récit est véritable, et
je ne veux pas lui donner plus d'int
par des évènemens étrangers, je v
dirai plus simplement que M. Boull
vécut encore deux jours après cet en
tien, et que cependant il termina
vie dans mes bras et dans ceux de
dolphe, son fils aîné, qui ne le quitt
pas d'un instant.

Dès que nous lui eûmes rendu les
niers devoirs, j'assemblai les jeunes g
je leur lus le testament de leur père
les surprit étrangement, mais auquel
se décidèrent à obéir. Je fis ma dis
bution de vingt mille francs à cha
d'eux, et ils partirent de différens
tés, me promettant de revenir au b
de six mois, me soumettre ce qu'ils

aient fait, moins pour obtenir les récompenses promises, que pour honorer
la mémoire de leur père en se confor-
mant à ses intentions. Chacun d'eux espérait remplir une des trois conditions
proposées, et il fut convenu qu'ils feraient
écrire, chacun, un journal de leur voyage,
en forme de tablettes, par un étranger, témoin des belles actions qu'ils
s'efforceraient de faire. Il valait mieux
en effet que le récit de leur conduite
fût tracé par un autre que par eux, afin
qu'on pût leur prodiguer des éloges s'ils
les méritaient, et les juger avec plus
de franchise et d'équité. Tout cela décidé, les jeunes gens partis, je restai
seul à Francheville qui m'appartenait.
J'y mis un concierge, j'y fis en un mot
tous les arrangemens convenables, et
je revins à Paris où madame de Méni-
nil fut bien surprise d'apprendre tous
ces événemens, et un peu fâchée de
l'embarras qu'ils allaient me causer encore.

En effet, voilà un mois que je suis

retourné à ma terre, pour y attendre mes six voyageurs, qui tous sont revenus, accompagnés d'un ami commun porteur de leurs tablettes. On me les a remises ces tablettes; et je vous les apporte, pour que nous décidions ensemble quels sont les trois jeunes gens qui ont mérité les legs de soixante mille francs que leur a faits M. Boullault. Je les ai lues d'abord en présence des six frères, et je me suis trouvé vraiment embarrassé d'adjuger le prix. J'ai demandé six semaines pour me décider, on me les a accordées, et j'ai pensé soudain à vous, mon cher d'Arleville, ainsi qu'à votre intéressante famille, pour m'aider dans l'acte de justice que je dois faire.

Nous allons successivement lire les six cahiers, et nous irons ensuite aux voix pour adjuger. Messieurs Henri, Théodore, Cyprien, ainsi que mesdemoiselles Elisa et Clara, voudront bien me donner les leurs, et je retournerai ensuite à Francheville, pour terminer cette affaire dont on m'a laissé le segage, mais qui est assez délicate pour m'engager à prendre des conseils.

Voici d'abord les deux tablettes qui offrent, chacune, l'action soi-disant la plus utile à l'Etat. Les premières sont le journal du voyage de Rodolphe, le frère aîné, assez bel homme et âgé de trente ans. Les secondes nous apprendront également ce qu'a fait, sur le même sujet, le troisième frère Casimir, jeune homme de vingt-neuf ans, plein de principes, d'honneur et de probité. Après cela nous passerons aux quatre cahiers qui roulent sur les deux autres conditions du testateur. Voyons, commençons par Rodolphe dont le journal n'est pas long, et n'oublions pas que chaque cahier est écrit de la main d'un étranger qui n'est alors qu'un simple narrateur.

PREMIÈRES TABLETTES.

» Après la lecture du testament de son père, Rodolphe s'éloigna de Francheville ; et comme il avait toujours eû du goût pour l'art militaire, sachant que la France était en guerre avec un empire voisin, il se décida à se rendre sur le champ de bataille, dans l'espoir d'y faire quelque action d'éclat, *utile à l'Etat*, suivant une des clauses du testament. Rodolphe va trouver le général français : Général, lui dit-il, je ne suis ni d'âge, ni d'humeur, ni même j'ose le dire d'une éducation à m'engager comme simple soldat. Cependant je brûle de servir mon pays et de me distinguer dans la guerre injuste que des ambitieux nous ont suscitée. Daignez accepter mes services, et me permettre de combattre à vos côtés ; mais comme volontaire, c'est la seule condition que je mets à mes travaux. Je desire conserver ma liberté, et pouvoir me retirer lorsque j'aurai jugé que mon bras ne vous sera plus utile. Ne me taxez point d'orgueil si j'ai l'assurance de vous dire que j'ai des connaissances dans le génie, dans les fortifications, dans l'art de la guerre en un mot. J'espère pouvoir vous le prouver, et je ne demande point à être votre aide-de-camp, officier, point de grade. Que je puisse vous suivre par-tout, sauver vos jours s'ils sont en danger, c'est l'unique faveur, l'unique récompense que j'ambitionne. Aurez-vous la bonté de souscrire à mes vœux?

Le général le regarde, surpris d'une proposition aussi neuve pour lui. Il hésite d'abord, et bientôt il lui fait des questions sur son nom, sa famille, son état. Rodolphe le satisfait pleinement sur tous ces points, et lui donne même des preuves écrites qui ne laissent à M. de B.... aucun doute sur l'éducation, ni sur la moralité du jeune homme. Monsieur de B... balance encore; mais enfin il lui dit: Parbleu, Monsieur, j'ai envie d'accepter ce que vous me proposez, et cela pour la singularité du fait. Personne jusqu'à présent, ne s'était avisé de se ranger de cette manière sous mes drapeaux, encore moins de me demander à me suivre, à ne point me quitter sur-tout quand j'ai des aides-de-camp, un état-major organisé. Mais vous me paraissez un homme honnête, brave sur-tout et instruit. Je cède à vos instances, et dès ce jour, je vous permets de vous battre auprès de moi. Le sort va aujourd'hui même vous en offrir l'occasion. Car, ce soir, à six heures, je dois livrer, là-bas, dans cette plaine, la bataille la plus décisive !... A cette bataille est attachée la destinée des deux empires, et vous jugez que l'action sera chaude. Vous aurez là de quoi vous signaler. Rentrez donc dans ma tente, et permettez à votre tour que je vous équipe moi-même d'habits, d'un cheval, d'armes, de tout ce qui vous sera nécessaire. Ainsi, dit-on, (*et il ajouta ceci en riant*) Jeanne d'Arc vint trouver autrefois le bon roi Charles, et elle lui fit remporter la victoire. C'est sans doute une inspiration divine qui vous envoie vers moi, et peut-être le sort de cette journée dépend-il de vous. Je ne suis cependant point superstitieux : aussi est-ce une plaisanterie que je fais. Restez néanmoins, et battez-vous, puisque c'est là ce que vous desirez.

Rodolphe remercia M. de B... et reçut de ce grand général tout l'équipement dont il avait besoin.

Le soir, l'ennemi envoya demander une trêve de deux jours, ce qui contraria beaucoup Rodolphe. M. de B... l'accorda, et employa les deux jours à des dispositions militaires, dans lesquelles il eut l'occasion de juger toute l'étendue des connaissances et du mérite de Rodolphe, qui, chez son père et à son insçu, s'était livré à cette étude pour laquelle il avait un goût décidé.

La trêve est enfin terminée; l'heure du fameux combat arrive; il a lieu, il est sanglant, affreux; la victoire reste indécise toute la nuit, nuit horrible, passée au milieu des cris et du carnage. Sur le matin, l'ennemi prend un avantage décisif. Les Français sont battus; ils se débandent; ils sont obligés d'abandonner du terrein, point de doute, ils sont vaincus !....

Rodolphe n'avait point quitté son général, pendant cette terrible action. Il avait combattu toute la nuit à ses côtés ; il était couvert de sang, de sueur et de poussière, au désespoir de voir la défaite des siens, défaite qui était plutôt occasionnée par leur terreur subite que par un manque de courage. Il court aux premiers bataillons pour les rallier... Impossible ! Il revient près de M. de B... Mais ô douleur ! ce brave général était blessé, nageant dans son sang, et on le transportait dans sa tente ! Cet évènement ajoutait au désordre des troupes ; elles se croyaient perdues n'ayant plus leur général à leur tête, et la déroute devenait de plus en plus complette. Rodolphe s'approche de M. de B.... Mon général, lui dit-il, veuillez me confier votre chapeau et votre épée. — Qu'en ferez-vous, Rodolphe ? — J'ai quelque espoir. Oui, je retourne au combat, pendant que vos officiers vont vous prodiguer leurs soins. Au nom de la France et de l'honneur, cédez à mes vœux.

Le général lui laisse prendre les deux objets qu'il desire. Rodolphe se couvre de son chapeau à grand panache; il s'arme de l'épée, remonte à cheval, et courant de rang en rang au-devant des fuyards, il leur crie d'un ton inspiré : Français, que faites-vous ? Vous tremblez pour la première fois; Français, votre général n'est point mort; il respire, et vous le voyez en moi ! Regardez le panache qui vous a cent fois dirigés vers la victoire. Examinez cette épée qui n'a cessé de se rougir du sang de vos ennemis. S'il est des Français encore assez lâches pour fuir, qu'ils s'éloignent; mais que les plus braves me suivent : eh ! c'est dire assez que tous vous allez marcher sur mes pas !

Cette apostrophe produit le plus grand et le plus prompt effet. Tous les soldats s'arrêtant, regardent avec étonnement ce héros qu'ils ont très-peu vu : ils reconnaissent néanmoins l'arme, le panache de leur général, et les cris de Rodolphe mille fois répétés rallient au tour de lui l'élite de l'armée. Rodolphe et les siens fondent sur l'ennemi qui s'était débandé aussi en poursuivant les fuyards. Il le repousse, en fait un carnage affreux, et parvient, avec la même audace, à s'emparer de son camp, à le forcer à son tour à battre en retraite. M. de B.... dont la blessure n'était que légère, vient le seconder. Tous les Français font des prodiges de valeur, la victoire est remportée, une paix honorable lui succède, et tous ces prodiges on les doit, en un jour, à la valeur d'un seul homme.

Plus calme, vainqueur et pacificateur, M. de B.... voulut récompenser dignement le guerrier à qui il devait tant d'avantages. Il lui offrit le grade le plus distingué après le sien : Rodolphe en demanda un moins brillant, l'obtint, et après avoir passé quelques mois auprès de son général, il est enfin revenu à Francheville, où il se met sur les rangs pour obtenir la récompense promise par son père. On sent bien que ce n'est point pour la somme de soixante mille francs ; il est maintenant au-dessus de cela, et, dans aucun tems, il ne l'a ambitionnée ; mais il chérissait son père, il a voulu se conformer à ses dernières volontés, faire sourire son ombre au bruit de ses exploits ; et son général, qui lui-même a fait cette notice, demande à tous les juges de l'honneur si l'homme qui a remporté une victoire éclatante, qui a décidé une paix favorable aux arts, au commerce, n'a pas fait *l'action la plus utile à l'état.* »

Oui, sans doute, s'écrie inconsidérément Cyprien après la lecture de ces premières tablettes !...

Cyprien avait déjà le goût des armes, suite naturelle de celui qu'il avait manifesté, dès son enfance, pour le bruit et le tapage. Son père le fit taire doucement d'un signe de la main, et M. Ménival, tout en souriant de son exclamation, le pria, ainsi que ses frères, de suspendre un peu leur jugement, jusqu'à ce qu'ils eussent entendu la lecture du second cahier qui roulait sur la même question ; car, ajouta-t-il, deux athlètes se présentent pour le même prix. Nous ne devons rien décider avant de savoir ce qu'a fait le second pour y prétendre. En voilà un qui a gagné une bataille, fait conclure une paix honorable, voyons ce que nous apprendra l'autre.

Et M. Ménival lit.

SECONDES TABLETTES.

« Casimir, troisième fils du testateur, est un jeune homme de vingt-sept ans. Doux, d'un caractère aimable, et d'un esprit insinuant et souple. Il sortit de la maison paternelle, après la mort de l'auteur de ses jours, sans trop savoir à laquelle des trois actions exigées il s'attacherait. Il attendit donc que le hasard fixât son choix, et voici comment le sort lui offrit l'occasion de remplir, du moins il l'espère, la première des conditions.

Casimir, par un penchant naturel, irrésistible, s'était particulièrement livré à l'étude de la diplomatie, et brûlait de faire briller ses connaissances dans cette partie. Un soir qu'il était dans une auberge située sur une grande route, où un orage assez violent avait forcé tous les voyageurs des environs à s'arrêter, il s'apperçut qu'il avait perdu un manuscrit, précieux pour lui, où il consignait ses réflexions sur les divers gouvernemens de l'Europe. Inquiet de ce papier qui sans doute était sorti de sa poche, il le demande, il court, il monte, descend vingt fois les escaliers de l'hôtellerie, et toujours inutilement. A la fin, un des garçons lui dit d'un air assez niais : N'est-ce pas un cahier de papier à lettres que monsieur cherche ? — Oui, mais écrit. — Vraiment oui, écrit, d'une vilaine écriture même, qui a l'air d'un grimoire. C'est long et large comme ça, n'est-ce pas ? — Oui, après ? — Eh bien, il y a un monsieur, un voyageur qui est là-haut tout seul dans sa chambre, à déchiffrer ça depuis, oh! oui, depuis à-peu-près une heure. Je crois bien qu'il l'a ramassé par terre, quand vous êtes descendu de votre voiture. — Justement, ce ne peut être que là que je l'aurai égaré; je ne m'en suis pas apperçu sur-le-champ; mais après, en réfléchissant... Et tu dis, mon ami, que cet étranger le lit. — Oui-dà; mais avec une attention si grande que tout-à-l'heure, sur ce que je lui ai demandé deux fois s'il voulait souper, il m'a répondu brusquement: tais-toi, drôle? Ça n'est pas trop poli, n'est-ce pas? mais je lui ai pardonné. — Vraiment; c'est bien généreux. — Je lui ai pardonné, parce que je suis comme ça, moi, quand je lis, les soirs, *le Petit poucet, ou Riquet à la houpe*, il ne faut pas m'interrompre non plus! je crois que je battrais celui ou celle... — C'est bon, conduis-moi à l'appartement de cet étranger. — Oh, monsieur, ce n'est pas un étranger, c'est un grand seigneur, allez. — Comment? — Il a ouvert un peu sa redingotte, qui est sur son habit, j'ai vu que ça vous avait des cordons, des croix, des belles choses brodées comme ça là, comme le portrait de ce roi de France qui est là-bas, en gravure, sur la cheminée, à côté du petit fusil de l'arquebuse. C'est quelque baron, ou tout au moins un duc et pair. — Mène moi, te dis-je, à son appartement. — Volontiers; mais ne lui dites pas que c'est moi qui vous ai dit.... — Non, non, marche toujours devant.

Le garçon, précédé de Casimir, le fait monter jusqu'à un corridor; puis, sans oser aller plus loin, il se tient tapi dans un petit coin, lui montre une porte ouverte, et lui faisant signe du doigt lui dit tout-bas : C'est là, là, voyez vous comme il lit? un boulet de canon ne le dérangerait pas. Allez-y si vous voulez, pour moi, je me sauve.

Le garçon disparaît, et Casimir, se tenant à la porte de l'étranger, reconnaît en effet de loin la forme de son manuscrit et le genre de son écriture. Il entre :

Monsieur, dit-il, je vous demande pardon... — Qui vient encore m'interrompre? est-ce toujours ce maudit garçon? — Non, Monsieur, c'est moi qui ....

L'étranger lève les yeux : Vous, monsieur, que me voulez-vous? je ne vous connais pas. — J'ai perdu justement le manuscrit que...

L'étranger devient plus doux, il se lève : Que je tiens?... Ce manuscrit serait à vous? quel en est l'auteur? — Moi.. — Vous, vous, si jeune! pas possible; c'est l'ouvrage, ceci, d'un homme vieilli dans les cours, et profondément versé..... Mais à mon tour, Monsieur, il faut que je vous demande mille excuses.... Me pardonnerez-vous jamais mon indiscrétion? J'ai osé jeter les yeux!.... j'ai trouvé ce manuscrit là-bas, à la porte de cette maison. Ignorant à qui il appartenait, j'allais faire des recherches, des questions... Il n'était pas cacheté. Mes regards se sont portés sur la première ligne, puis sur la seconde, puis enfin, comme il traite d'une partie que je connais, que j'aime, je me laissais entraîner au plaisir de le lire, sans songer à la faute que je commettais. Il est si bien fait! les réflexions en sont si justes!... Et c'est vôtre ouvrage? — Oui, Monsieur. — A votre âge, avoir tant de maturité dans l'esprit, tant de jugement!...— Monsieur me flatte! — Non, certainement non. Je desirerais que vous m'expliquassiez, puisque vous êtes là, et que je suis en train de mettre votre indulgence à l'épreuve, certaines choses, ici, que mon peu de pénétration n'a pu saisir. — Volontiers, Monsieur.

Voilà Casimir et l'inconnu qui lisent, qui dissertent, et Casimir fait briller tant d'esprit dans cette discussion, que l'inconnu lui voue sur-le-champ une véritable affection. Un domestique entre, et dit à l'inconnu : Monsieur le Comte, veut il souper?

Monsieur le Comte! Casimir reste frappé du titre qu'on donne à l'étranger. Celui-ci s'en apperçoit : Je desire, dit-il à Casimir, que nous fassions connaissance ensemble. Vous voyez en moi le comte de Mesterbourg, oncle du prince de Mesterbourg, souverain d'un des cercles de l'Allemagne. A votre tour, intéressant jeune homme, qui êtes vous?

Casimir lui expose simplement son état et sa situation. Quand il a fini, le Comte s'écrie! Quoi, vous êtes libre? vous n'avez pas un état fixe, et vous pouvez voyager? — Je le puis. — Eh bien, je vous emmène. Vous viendrez avec moi. Je vous présenterai à mon neveu, et je serai charmé que vous lui donniez de bons avis. C'est un homme de trente-deux ans, plein de sens, de raison, doué d'un excellent cœur; mais il est si mal entouré! des courtisans, des flatteurs gâtent son heureux caractère; il n'écoute plus, ne suit plus que leurs mauvais conseils, et moi-même, je n'ai aucun crédit sur lui. C'est à vous qu'il appartient d'apprendre à ce prince faible les devoirs d'un souverain. — A moi, Monseigneur? — Oui; quoique plus jeune que lui, vous avez plus de

sagesse, et vraiment plus d'expérience. Dites-lui qu'on le trompe, qu'on lui fait faire des sottises, c'est le mot; et ramenez-le dans la véritable voie qui lui convient. — Mais Monseigneur......
— Voilà qui est dit; je vous emmène. J'ai encore quelques affaires légères à terminer en France, après quoi nous retournerons à Mesterbourg, et je vous dirai quels moyens il vous faudra prendre, oui, je vous mettrai au fait du caractère de mon neveu, afin que vous puissiez vous conduire en conséquence.

Casimir remercia le comte de la confiance qu'il voulait bien lui témoigner; il accepta sa proposition; et, après avoir voyagé avec lui pendant une quinzaine de jours, tous deux arrivèrent enfin à Mesterbourg, où le Comte le présenta soudain au Prince régnant. Mon neveu, lui dit ce vieillard à qui le prince vouait un profond respect tout en ne suivant point ses conseils, mon neveu, vous savez que j'ai depuis long-tems de graves sujets de plaintes contre votre secrétaire ; il m'a manqué, et, par égard pour moi, il y a long-tems qu'il devrait être disgracié. Aujourd'hui, je vous demande cette faveur, et je desire que vous donniez sa place à ce jeune homme, dont les talens vous surprendront à coup sûr.

Le Prince fit beaucoup de difficultés pour se défaire de son favori ; mais enfin il y consentit en voyant que son oncle le menaçait de ne jamais le revoir et de se retirer dans une de ses terres. Voilà donc Casimir devenu le secrétaire intime d'un des plus grands Souverains de l'Allemagne, et qui remercie le sort de lui présenter l'occasion de mériter le prix désigné dans le testament de son père. On sent bien qu'à l'exemple de son frère aîné, ce n'est pas pour les soixante mille francs attachés à ce prix, mais également pour honorer la mémoire de l'auteur de ses jours. Suivons-le dans sa gestion.

D'abord il s'apperçut aisément qu'il avait affaire à un jeune homme à qui sa cour, la cour la plus corrompue, avait donné des vices pour lesquels il n'était pas né. On lui avait procuré des favorites ; c'était des orgies scandaleuses le jour et toutes les nuits ; et le pire de cela, c'est que le Prince, ne s'occupant plus des affaires de l'État, l'empire était gouverné par les ministres les plus ignorans et les plus dilapidateurs. On l'adulait, on l'endormait, on lui arrachait sa signature, et l'on commettait en son nom des injustices affreuses qui faisaient murmurer son peuple et le rendait le plus malheureux de l'Europe.

Casimir se promit de ramener ce jeune Prince aux sentimens d'honneur dont on l'écartait ; et, pour en venir à bout, il commença lui-même par le flatter, pour capter sa confiance et gagner son amitié ; car notre jeune secrétaire sentait qu'il ne fallait pas présenter la morale trop brusquement, et que, pour corriger les hommes, il faut d'abord entrer dans leurs passions, afin de les en détacher insensiblement. Ce que Casimir avait espéré arriva. Le Prince conçut pour lui une si grande affection, qu'il le mit bientôt de toutes ses parties de plaisir. Casimir feignit d'abord de s'en amuser beaucoup ; il s'insinua ainsi dans la confiance des courtisans qui avaient commencé par le craindre et fini par l'aimer, le croyant un des leurs et incapable de leur nuire. Quand notre Casimir vit son empire bien établi, il commença peu-à-peu à développer sa franchise aux yeux de son maître. Il ne lui reprochait point de se divertir ; mais il lui faisait varier ses plaisirs, et le détournait ainsi de ceux qu'il regardait comme les plus dangereux. Il se hasarda ensuite à lui parler raison sur les affaires de l'État ; il lui peignit son peuple souffrant, malheureux et suppliant le ciel de ramener sur lui l'attention du Souverain. Le Prince, qui d'abord avait prêté à tout cela une oreille peu attentive, écouta Casimir, et resta étonné qu'aucun de ses bons amis ne lui eût encore rien dit de semblable. Il s'enferma deux jours, et refusa de recevoir les compagnons de ses débauches. Ceux-ci s'alarment, conçoivent des inquiétudes sur le crédit de Casimir, et veulent le faire disgracier. Plusieurs attaques lui sont portées par la plus insigne perfidie. Casimir, qui reste inébranlable, riposte à ces trahisons en dévoilant à son Prince la conduite odieuse de ceux qui osent l'accuser. Il lui prouve que telle et telle de ses favorites partage son cœur avec d'autres que lui. Il introduit dans le cabinet du Prince une foule de cultivateurs qui se prosternent à ses pieds, et lui apprennent qu'ils sont grevés par des tailles, par des impôts dont il n'a jamais entendu parler. Le Prince, étonné, promet de rendre justice. Casimir profite de ce moment, pour le décider à envoyer saisir sur-le-champ le portefeuille de celui qui gouverne les finances. Ce ministre est justement le meilleur ami du Prince qui se décide avec peine à cet acte de rigueur. On l'exécute. Le ministre arrive pâle, tremblant; il demande la cause de sa disgrâce. Le

Prince ne répond point ; mais Casimir a le courage de prendre la parole. Osez rester là, Monsieur, lui dit-il, et souffrir l'examen de vos papiers que je vais faire devant notre maître et vous.

Casimir examine ces papiers : que d'exactions ! que d'injustices ! quel désordre dans cette partie si utile à un empire ! et les fonds, que sont-ils devenus ? on n'en a point fait d'état ! le Prince est courroucé. Il chasse ce misérable ; et donnant sa main à Casimir, il lui dit : Voilà la première fois que j'entends, que je connais la vérité. Ose me la dire toujours, mon ami, et ne crains jamais que je m'en formalise.

Casimir lui promet de prendre cette liberté, et, dès ce moment, il en use largement. Les courtisannes sont éconduites, les courtisans renvoyés et punis. Le Prince rend toute sa tendresse, et sa confiance à son oncle qui ne le quitte plus. Toutes les parties de l'administration sont revues, examinées avec soin. Des gens probes occupent les places, les impôts sont diminués, le peuple respire, voue à son prince une obéissance à toute épreuve. Celui-ci travaille dans son cabinet, accepte des plans d'amélioration, se montre à ses sujets dont il est adoré, et tout cela est l'ouvrage d'un seul homme. Pour achever la conversion du Prince, on lui propose la main d'une jeune princesse charmante, fille d'un roi son voisin, et dont l'union est aussi favorable sous le rapport de la politique que sous celui de l'hymen, et le Prince se marie; et le Prince devient, en cinq mois de tems, le souverain le plus sage, le plus sensible, le meilleur en un mot de toute l'Europe.

Casimir, fidèle à sa promesse, ne lui a point caché ses défauts; il a arraché les masques de tous ceux qui l'entouraient; il a régénéré le Prince, l'empire, et rendu le bonheur à un peuple qui souffrait; voilà ce qu'a fait Casimir. Quand il a vu tout tranquille autour de lui, tous les hommes heureux, il a quitté un moment le poste brillant qu'il occupait, qu'il occupera toujours, et il est venu rejoindre ses frères pour concourir avec eux aux prix proposés. L'oncle de son prince, le comte de Mesterbourg, qui lui-même a rédigé cette note, demande à M. Ménival, qui doit adjuger la récompense promise, si Casimir n'a pas fait *l'action la plus utile à l'état*? »

Après la lecture de ces tablettes, M. d'Arleville observa à son ami qu'il était tard pour établir une discussion : elle fut remise au lendemain.

XLe. JOURNÉE.

PERSONNAGES.

LE SAGE PHILBERT.

Henri, et par suite Evariste, Alexandre, Tony, Eugêne, Charlet et Fanfan.

MAIS le lendemain il fut impossible à nôtre père de famille de trouver un moment pour causer avec M. Ménival. Il survint des visites à la Chartreuse, M. d'Arleville fut obligé de sortir pour des affaires d'intérêt, et M. Ménival tint compagnie à madame d'Arleville, à ses filles, tandis que le fils aîné Henri donna son bras à son aïeul, le sage Philbert, pour faire avec lui quelques tours de jardin.

En se promenant, le grand père et le petit-fils causèrent ensemble sur la conduite qu'avait tenue Casimir chez le prince de Mesterbourg. Mon ami, dit le vieillard, qu'il est beau, qu'il est touchant de voir un homme qui se plaît à rétablir l'ordre, la paix et le bonheur dans un état, tandis que l'histoire nous en présente tant qui ne songent qu'à tout bouleverser ! Qu'ils sont affreux, ces hommes coupables qui se plaisent à exciter des révolutions chez des peuples, à leur faire changer de constitution, à répandre des flots de sang, et tout cela, selon eux, pour régénérer un empire ! — Ah, mon père, que vous avez bien raison, et que ces scélérats sont atroces ! Ne vaut-il pas mieux s'y prendre par la douceur, par les bons conseils, et réformer les abus peu-à-peu par la morale et par le bon exemple ? — Tous ces faiseurs de troubles, tous ces prétendus régénérateurs, mon cher fils, affaiblissent, tuent le corps politique, au lieu de fermer, de cicatriser ses plaies. Cela me rappelle un apologue fort juste, que j'ai appris dans mon jeune tems, et que tu seras peut-être bien aise d'entendre. Le voici : »

LA SANTÉ ET LA MALADIE.

Fable.

« Que viens-tu faire ici, malheureuse, disait un jour la Santé en voyant se précipiter sur un corps où elle présidait la Maladie escortée de la fièvre, du transport, de tous les maux qui affligent l'humanité ? Que viens-tu faire ici ? Cet homme que je protége, qui jouit de mes faveurs, se porte bien, est frais, leste et joyeux. Pourquoi veux-tû le priver de ma douce influence ; oseras-tu m'en dire la raison ? — Aveugle que tu es, lui répondit la Maladie, tu ne saïs rien prévoir, rien prévenir ! Tu marches avec sécurité, mais dans les ténèbres, et sans voir la mort qui te suit, qui guette sans cesse tes sujets, et les dévore au moment où tu y penses le moins. En vérité, tu n'as pas la moindre pénétration. Tu dis que cet homme se porte bien ? Oui, dans ce moment ; mais la sixième heure du jour va peut-être sonner la dernière pour lui. Moi, qui suis plus prévoyante que toi, je crois lire dans l'avenir qu'avant qu'il s'écoule une heure, cet homme sera frappé d'un coup de sang, qui le privera du jour. Ne vois-tu pas qu'il est rouge, enflammé ; qu'il a le col court, tous les symptômes d'une prochaine apoplexie ? En m'emparant de lui, je vais l'avertir de se soigner, de prendre des précautions auxquelles il ne songe pas, j'installerai chez lui une fièvre bienfaisante qui diminuera la masse de son sang, rongera ses humeurs, dégorgera ses vaisseaux ; puis, en me retirant peu-à-peu, je rétablirai l'équilibre dans son sang, dans ses nerfs, dans toutes les parties de son corps, et je le préserverai ainsi d'une mort subite. — Insensée ! pour prévenir un mal imaginaire, incertain, que tu ne peux pas prévoir plus que moi, tu vas lui donner un mal réel, long, douloureux, et dont toi même ne pourras ni deviner, ni arrêter les suites ! Car une fois en possession des faibles mortels, tes ravages sont affreux, tu t'y plais, et la mort est plus souvent à ta suite qu'à la mienne. Laisse mon protégé, et retire-toi.

La Maladie essaya de saisir sa proie ; la Santé tenta de s'y opposer ; elle se jeta sur son ennemie, voulut la terrasser ; et il s'éleva entr'elles deux un combat, dont la Maladie sortit malheureusement triomphante. La méchante s'empara de l'homme, y établit la Fièvre, ainsi qu'elle l'avait annoncé ; mais la Fièvre devint à son tour la maîtresse ; elle accabla l'infortuné, dévora son sang, et le tua ! ...

La Santé s'éloigna et se dit, en versant des larmes : Voilà comme, pour prévenir souvent des maux douteux, on en cause d'irréparables ! ... »

Cet apologue, mon fils, ne peut-on pas l'appliquer au corps politique ? Il se porte assez bien ; mais des brouillons le croient menacé d'un grand danger. Ils s'imaginent prévenir ce danger, en l'attaquant, en le révolutionnant. D'autres, des fripons, des brigands, profitent de leur erreur, et, comme la fièvre de mon conte, ils achèvent de le dissoudre pour s'établir sur ses débris !

Oh, combien les fous et les méchans font de tort à un Etat !... Il vaudrait mieux.... »

Le sage Philbert fut interrompu ici par l'arrivée d'Evariste et d'Alexandre, qui se disputaient légèrement, et semblaient animés par une discussion assez grave. Qu'avez-vous, mes enfans, leur dit le vieillard ? quoi, deux cousins, deux amis sont en guerre ? Ne pourrais-je en savoir le sujet ? Oh, mon bon papa, répondit Alexandre, nous ne sommes pas en guerre du tout, nous nous aimons toujours bien. Seulement, dans ce moment-ci, nous différons d'avis sur un point, et nous débattons chacun notre opinion. Je vais te dire ce que c'est, bon papa, et tu nous jugeras.

— Volontiers, parle, mon ami, je t'écoute.

Alexandre fit le petit récit suivant :

« Tout-à-l'heure, M. de Lanceval, tu sais bien, bon papa, le nouveau propriétaire de la belle maison de là-bas, est venu voir papa et maman, avec ses deux fils Lucien et Julien. Ces deux fils sont des jeunes-gens, bah ! bien plus grands que nous ; ils ont au moins vingt ans ; l'un, Lucien a été élevé par une tante qui l'a gâté ; Julien, lui, a reçu l'éducation paternelle ; aussi est-il charmant, plein d'usage, de grâces, de manières aimables. Il est poli quand il entre dans un appartement, quand il en sort ! Il ne manque jamais de faire un compliment. L'autre Lucien est grossier, manant ; il ne sait ni marcher, ni parler ; et, s'il ouvre la bouche, c'est pour dire une grosse bêtise. Il en résulte que M. de Lanceval, qui n'a qu'une fortune modique, ne sait que faire de celui-là. Qu'il présente l'autre à des ministres, à des protecteurs, il les enchante, et voilà que Julien a déjà une très-belle place qui le menera, dit-on, aux premiers emplois ; tandis que son frère rebute tout le monde, ne sait se faire ni des amis, ni des bienfaiteurs ; et que, s'il était dans la misère, il ne trouverait pas un morceau de pain à manger. Ce sont les expressions de M. de Lanceval, qui en a causé en particulier avec papa. Cependant, a-t-il ajouté, il y a une plus grande différence entre les caractères et la moralité de ses enfans. Le brutal Lucien a un cœur précieux ; il est d'une sensibilité excessive ; franc jusqu'à la brusquerie. Il vous dira une sottise, parce que sa mauvaise éducation l'emportera ; mais il sera le premier à consoler l'affligé, à secourir l'infortuné ; il est plein de bonté, d'humanité ; il chérit ses parens ; sa probité est à toute épreuve ; c'est en un mot un jeune homme accompli du côté des qualités du cœur. L'autre au contraire, le mielleux Julien, est faux, dissimulé, méchant, sans délicatesse, sans âme, sans la moindre sensibilité. Il est dur, sournois, menteur, peu délicat, et cache, sous les dehors les plus aimables, le cœur le plus corrompu. Eh bien, il réussit, on le trouve charmant, il séduit tout le monde, et il a des places, et il en aura de plus belles encore; pendant que son frère, parce qu'il a des formes désagréables, rebutera tout le monde, et sera rejeté comme un homme malhonnête et grossier. Nous en étions là-dessus, nous deux, mon cousin Evariste. Il préfère le sournois à Lucien. Il me soutient que Julien est plus aimable, et mérite plus par conséquent d'être aimé. Il dit que, s'il était un homme en place, lui Evariste, il s'attacherait Julien, parce qu'il est fait pour arriver à tout dans la société! Moi, je ne suis pas de son avis; c'est Lucien que je protégerais. Les qualités du cœur sont pour moi plus précieuses que tout le brillant des manières: la probité, la franchise, l'amour de ses semblables, voilà des vertus dignes de l'estime générale, tandis que la fausseté, la dissimulation sont odieuses. S'il faut que ces derniers vices triomphent, aux dépens des vertus de l'âme, ma foi, mon bon papa, c'est un grand tort, un grand abus dans le monde; et jamais ni toi, ni mon père et ma mère, ne m'ont prêché cette morale-là. Tel est le sujet de notre discussion, mon bon papa, nous attendons ta décision ».

Le sage Philbert n'eut pas besoin de réfléchir long-temps, pour décider cette question, assez neuve, assez délicate pour des enfans. Mes petits amis, leur dit-il, vous avez raison tous les deux; et tous les deux néanmoins il faut vous éclairer sur la manière dont vous avez raison. Il est certain que Lucien est préférable à Julien, par son ame et son excellent cœur; mais il ne lui sera jamais préféré. Ce n'est pas assez que d'avoir toutes les bonnes qualités, il faut savoir les faire briller, et c'est là ce qui fait tout dans la société. Julien est faux, méchant; mais il a des manières très-aimables : Lucien est bon ; mais il a des formes repoussantes. Le monde est ainsi fait ; c'est qu'il préférera toujours l'extérieur à l'intérieur ; et, quoiqu'un homme ne soit ni estimable, ni même estimé, il se fera toujours rechercher, parce qu'il saura plaire plus que celui dont on dira le plus grand bien, mais qui sera lourd et commun. C'est préférer des vices aimables à des vertus farouches, je le sais ; mais qui établit cette différence entre Lucien et Julien par exemple ? C'est l'éducation ! Si Lucien pouvait joindre l'éducation à son bon naturel, il serait bien autrement recherché que son frère. La première chose qui frappe le public, c'est le dehors, le dedans est apprécié après. Il faut donc tâcher de réunir l'un et l'autre, pour ne point se voir surpassé par un homme faux, mais plus aimable que vous.... Eh tenez, pendant que je suis en train, ce matin, de raconter des apologues, je vais vous en dire un, qui vient très-à-propos pour la question qui nous agite, et dont vous sentirez aisément la moralité.

LES DEUX DIAMANTS.

Fable.

Un diamant fin, mais brute, sortant de la mine et encore tout plein de terre, se voyant placé chez un jouaillier à côté d'un diamant faux, mais taillé et monté d'une manière brillante, était jaloux de lui, et lui adressait cette apostrophe : Comment se fait-il qu'un morceau de verre comme toi soit, dans ce moment, préféré à moi qui suis d'une valeur mille fois plus grande que la tienne ! Je t'ai vu n'aguères orner la beauté, te promener aux rayons du soleil, aux feux de cent bougies, chercher à m'imiter ! Voilà que tu éblouis encore les regards ; que l'on va te fixer, t'admirer, t'acheter peut-être, tandis qu'on ne pense pas à moi, qu'on ne jette aucun regard sur moi, comme si j'étais un vil caillou !

D'où vient cette préférence injurieuse que te donne une foule d'ignorans ?...

« Le diamant faux, sage et modéré, se contenta de lui répondre avec modestie : Mon ami, c'est que je suis poli et que tu ne l'es pas ! Quand le lapidaire t'aura donné les mêmes formes qu'à moi, alors tu fixeras seul toute l'attention des curieux, et moi je ne serai plus rien ; mais jusque-là tu me permettras de briller à tes dépens ; car, mon cher, ce n'est pas le tout que d'avoir, comme toi, un cœur précieux, il faut d'abord charmer les yeux, puis l'estime vient après. »

Ne trouvez-vous pas, mes enfans, continua le sage Philbert, que cette fable s'adapte parfaitement aux caractères de votre Lucien et de votre Julien ? L'un est le diamant fin qui n'est pas poli, l'autre est le morceau de verre qui a été travaillé. Remerciez donc intérieurement vos parens qui joignent chez vous la meilleure éducation aux dons naturels que vous possédez. C'est polir le diamant fin, c'est vous donner tout ce qu'il faut pour réussir ; et, par la suite, il n'est pas de Julien, avec son extérieur séduisant, manteau d'un mauvais cœur, qui puisse vous disputer l'estime, l'amitié et la faveur des hommes. »

Le sage Philbert et ses trois auditeurs furent encore interrompus ici par Tony, Eugène, Charlet et Fanfan, qui accoururent vers eux en sautillant et en riant, comme des enfans qui viennent de jouir d'un grand plaisir. Eh bien ! dit le vieillard, qu'est-ce que c'est donc que ces petits fous-là ? ils tombent ici comme des bombes. — Ah ! mon bon papa, répondent-ils tous les quatre à la fois, c'est que nous venons de voir une bien belle chose ! — Eh quoi donc ? dites-le moi ; mais qu'il n'y en ait qu'un seul de vous qui prenne la parole. — Volontiers, mon bon papa, tu vas entendre cela. Eugène, parle toi.

Eugène, qui était un petit farceur, habitué à contrefaire toutes les caricatures qu'il voyait, s'exprima ainsi, en imitant assez bien les personnages qu'il avait à peindre.

LA LANTERNE MAGIQUE.

« Figure-toi, bon papa, qu'il vient d'entrer dans notre cour un homme qui montrait une lanterne magique, ou plutôt une *curiosité*, je crois qu'on appelle cela. C'est une grande boîte soutenue sur un tréteau, avec des verres, où chacun met son œil. Nous l'avons tous vue, papa, maman et M. Ménival lui-même y étaient ; ils l'ont trouvée superbe ! Voilà ce que cela nous a représenté :

D'abord, une foule de nourrices qui portaient des petits enfans nouveaux nés, qui criaient, qui criaient !..... Ces nourrices étaient dans une église, où un prêtre baptisait ces petits enfans. Puis les nourrices ont disparu. Nous avons vu ces petits enfans, devenus grands comme cela, deux pieds à-peu-près, avec des bourrelets, des lisières, et balbutiant à peine quelques mots. Ensuite, ils ont paru plus grands encore, comme nous à-peu-près, et jouant entr'eux avec un bâton dans leurs jambes, comme s'ils étaient à cheval. Après cela, la scène a changé; ces petits enfans étaient grandis encore, comme Alexandre à-peu-près, et ils étaient dans la classe d'un maître de pension, tous devant des tables, occupés à lire, à écrire, ou à feuilleter des dictionnaires. Ce qui nous a fait bien rire là, c'est que le *maître*, véritable pédant, donnait des coups de férule dans la main d'un petit garçon qui faisait des grimaces, ah!...... La scène change encore. Voilà ces enfans, devenus presque des jeunes gens qui sont dans un collége, à la distribution des prix, où on leur met des couronnes sur la tête et des branches de laurier à la main. Nouveau changement. Ces jeunes gens, oh, plus grands que mon frère Henri, courent sur une place publique. Ils sont vêtus à la mode, avec de jolis habits, de beaux pantalons de nankin, de grosses cravattes, ce sont enfin des merveilleux. Ils volent, les uns au spectacle, d'autres à des rendez-vous; ils parlent en grasseyant, ils s'admirent et font les suffisans.... Autre changement. Nos jeunes gens ont trente ans et plus; ils sont plus tranquilles, et on les voit se marier dans une chapelle, avec de jolies personnes qu'ils ont l'air d'adorer. Autre changement encore. Nos hommes mariés sont à travailler chacun dans un cabinet, devant un bureau. Ils accumulent chiffres sur chiffres; ils remuent des piles d'argent; ils ont l'air très-occupés, tandis que leurs épouses allaitent dans un coin des petits enfans qu'elles leur montrent, comme en leur disant : *Travaillez, amassez de la fortune, vous êtes pères!*.....

Une scène nouvelle succède. Nos pères ont de grands enfans, de beaux jeunes gens, comme ils l'ont été. Ces pères ont le front découvert, un habit propre, mais simple; ils se promènent avec leurs fils dans une galerie de tableaux, leur en expliquent les sujets, et causent ensemble comme de vrais amis. Une nouvelle décoration nous montre ces bons pères devenus vieillards, se soutenant sur des cannes, toussant, marchant lentement, vêtus d'habits bien amples, chaussés de gros et grands souliers, la tête chauve ou couverte d'une perruque, et se promenant lentement au grand soleil, dans un jardin public. Enfin, la dernière scène nous a fait voir ces vieillards, très-âgés, très-infirmes, couchés dans des lits, où ils expirent entourés de leurs vieilles femmes, de leurs enfans et de leurs petits-enfans. Ainsi finit l'histoire, mon bon papa ! »

Ce que vous avez vu là, répliqua le sage Philbert, est un tableau des différents âges de l'homme, depuis sa naissance, jusqu'à sa mort. — Oui, mon bon papa, c'est ainsi qu'on nous l'a expliqué. — Ne m'interrompez pas. Ce tableau est très-moral. Il vous a montré l'homme naissant, porté, aidé par sa nourrice, jouant ensuite, travaillant après cela à s'instruire ; puis s'amusant dans sa jeunesse, se livrant à toute la dissipation que permet cet âge heureux. Il se marie à son tour, il devient père de famille, et ne pense plus qu'à acquérir des richesses. Il élève sa jeune famille, il se fait des amis de ses fils, qu'il instruit, qu'il accompagne dans les endroits où il peut éclairer leur esprit. Enfin, il devient vieux, caduc, et meurt en recevant les bénédictions de sa postérité. Tel est le cercle de la vie qu'on vous a fait parcourir en quelques minutes. La naissance et la mort, tel est le commencement, telle est la fin de l'homme ! Il passe sur la terre, y laisse des traces de son existence, traces qui s'effacent à la longue, mais qui sont la source des générations. Ainsi le monde s'est établi, s'est conservé et se conservera toujours par la vie et la mort ! Nous foulons aux pieds les ossemens de ceux à qui nous devons le jour, et ceux qui le tiennent de nous fouleront de même nos restes insensibles, jusqu'à perpétuité ! Ce tableau, qu'on vous a montré, donnerait lieu à une foule de réflexions; mais je vous les épargne, d'abord à cause de la faiblesse de votre intelligence; en second lieu, parce qu'elles ne seraient pas du tout gaies pour vous. — Oh, parle, bon papa, parle; nous savons bien que nous sommes nés pour mourir; que nous passerons, à notre tour, par toutes les périodes de la *curiosité*; que nous deviendrons grands, époux, pères de famille et vieux..... comme toi ! Eh puis nous aimons les idées sombres, les réflexions morales.... — Ah, vous aimez les idées sombres? eh bien, je vous donnerai, un matin, ce petit plaisir-là. Oui, j'ai le projet de vous faire visiter avec moi le grand cimetière qui est là-bas, à un quart de lieue d'ici : vous y verrez des inscriptions de tout genre, et nous y ferons des observations, des réflexions philosophiques.... Avez-vous peur d'aller dans un cimetière? — Tiens, peur! mon bon papa nous prend donc pour des enfans?

Le sage Philbert sourit ; et comme il voyait s'avancer la matinée, qu'il avait bien employée selon lui avec ses petits fils, il les ramena tous à la Chartreuse, où ils reprirent leurs études en attendant le retour de leur père qui était sorti pour affaires.

XLIe. JOURNÉE.

PERSONNAGES.

M. D'ARLEVILLE, LE SAGE PHILBERT, M. MÉNIVAL.

Henri, Théodore, Clara, Elisa et Cyprien.

Reprenons, mon ami, dit M. Ménival à M. d'Arleville, notre intéressante discussion, relative aux enfans de M. Boullault. Vous avez déjà connaissance des deux premières tablettes de ces six frères. Il faut, avant de passer aux autres, adjuger le premier prix, et j'attends votre avis pour me décider. Adolphe a remporté une victoire complette; Casimir a rendu le calme et le bonheur à un peuple malheureux : lequel des deux, selon vous, a fait l'action la plus utile à un état? Consultons d'abord ces jeunes gens. Parlez, Henri?

Suite des Tablettes des six Frères.

Nicette

HENRI.

La question me paraît embarrassante; car tous deux ont rendu le plus grand service aux souverains pour lesquels ils agissaient. L'un a décidé par le gain d'une bataille, une paix honorable pour son pays. Et est-il un plus grand bienfait que celui de la paix ! La paix rétablit le bonheur, la tranquillité; elle vivifie le commerce, elle ranime, elle rend heureuses toutes les classes de la société. Je pencherais volontiers pour Rodolphe qui a fait cet acte de courage. Cependant....

CYPRIEN *vivement.*

Et moi aussi, je pense que c'est Rodolphe qui a mérité le prix; car.....

M. D'ARLEVILLE.

Il ne faut pas interrompre ton frère, mon ami. Tu diras ton avis quand ton tour viendra.

CYPRIEN.

Mais, mon papa, y a-t-il un si grand

mérite à donner, comme Casimir, des bons avis à un grand prince?

M. D'ARLEVILLE.

Encore!... Continue, Henri.

HENRI.

Mon père, j'ai dit à-peu-près mon avis, et je partage assez l'opinion de Cyprien. Il a fallu à Rodolphe plus que la prudence et la sagesse que Casimir a seulement mises en jeu, pour ce qui le regardait. Rodolphe a eu besoin de courage, d'intrépidité. Le guerrier qui, par sa valeur, remporte une victoire définitive, fait conclure la paix, épargne ainsi le sang des hommes, et leur rend le plus doux bienfait que le Ciel puisse accorder à la terre, me paraît avoir fait la plus belle action. C'est donc pour Rodolphe que je me décide.

THÉODORE.

Mon frère Henri me permettra-t-il d'être d'un avis différent du sien? Ce n'est point du tout pour Rodolphe que je me détermine. Sans doute la valeur des héros est la chose du monde la plus estimable ; mais ce n'est pas non plus la chose la plus rare, sur-tout chez les Français dont j'ai l'honneur d'être le compatriote. Remporter une victoire, se battre avec intrépidité, tout cela est heureusement très-commun chez nous ; et si la paix est un bienfait, c'est une suite nécessaire de la guerre qui doit toujours finir par-là. Sans doute, il est important de la faire un peu plutôt qu'un peu plus tard ; c'est épargner du sang, et sous ce rapport, je rends à Rodolphe toute la justice qu'il mérite. Mais ce qu'il est plus difficile de rencontrer à la cour, c'est un homme en place, assez grand, assez généreux, pour se dévouer aux intérêts du peuple, pour braver les disgrâces, suites nécessaires de la franchise dans ce pays-là, pour oser en un mot, *dire aux rois la vérité*. J'appuye sur ces mots ; car c'est-là ce qu'a fait Casimir, et c'est selon moi, la plus belle action qu'on puisse faire. Raisonnons un peu. Qu'est-ce que la paix ? où sont les fruits de la paix, sans la sage administration d'un souverain ? Le peuple est-il heureux, même dans la paix, là où une cour corrompue détourne le prince de ses devoirs ? où des vils flatteurs entourent le prince, détournent des sujets ses regards paternels, dilapident la fortune publique, accablent le peuple d'impôts et d'exactions ? où la voix du malheureux est méconnue ? où la misère règne au milieu de l'abondance ? où tout le monde enfin gémit sous l'oppression d'une foule de vampires ? La guerre sous un vainqueur vertueux, serait préférable à cet état de langueur, de léthargie pire que la mort. Casimir a fait plus que donner la paix, il a rendu cette paix tutélaire, heureuse pour tous les individus. Il a rallié le prince aux sujets, et les sujets au prince. Il a r'ouvert tous les canaux de la prospérité publique ; il a chassé les flatteurs, les dilapidateurs, il a fait plus encore une fois que remporter une victoire. Que dis-je ! Mais c'en est une, une véritable, une qui a peu d'exemples dans l'histoire ! une.... de même qu'un vaisseau qui, ballotté par les vents..... aurait un pilote mal-adroit ou mal intentionné..... La tempête s'accroît..... Les gouffres des mers s'ouvrent.... Les mâts se brisent.... On entend les aquilons, vouh! vouh !.... C'est l'enfer qui semble..... et que..... qui.... dans....

M. D'ARLEVILLE *souriant.*

Laisse-là ta comparaison, va, mon Théodore?

THÉODORE *souriant aussi.*

Vous avez raison, mon père ; car je sens que je m'y embrouillais. Revenons à ce que je disais... Eh bien je ne me rappelle plus... Ah, j'y suis. Je disais donc qu'on rencontre dans le monde plus de braves militaires que de bons ministres ; et, pour me résumer, je termine en donnant ma voix à Casimir.

M. D'ARLEVILLE.

Nous connaissons l'opinion de Cyprien ; il l'a manifestée assez vivement, il est pour Rodolphe. Ainsi donc, deux voix pour Rodolphe, et une pour Casimir.

M. MÉNIVAL.

Ces demoiselles ?...

ELISA.

Nous nous entendons, Monsieur, fort peu en politique ; mais notre faible intelligence nous porte néanmoins à appuyer l'avis de Théodore.

M. D'ARLEVILLE.

Toutes les deux ?

CLARA.

Toutes les deux.

M. MÉNIVAL.

J'aurai par la lecture des quatre autres tablettes, plus d'occasions d'exercer le jugement de ces demoiselles qui y trouveront des sujets analogues à leurs grâces et à leur délicatesse. Il y en a même sur lesquels elles seront des juges plus compétens que messieurs leurs frères. Ainsi donc, deux voix de plus à Casimir, qui, avec celle de Théodore, lui en font trois contre deux. C'est à vous maintenant, messieurs Philbert et d'Arleville, à me donner votre avis.

LE SAGE PHILBERT.

Je pense que mon petit fils Théodore a fort bien développé et appuyé son opinion, à la comparaison près de l'ouragan et des gouffres des mers dans lesquels il s'est perdu. Je trouve, comme il l'a fort bien exprimé, qu'on rencontre plus de guerriers valeureux, que de bons ministres, et je donne ma voix à Casimir.

M. D'ARLEVILLE.

Et moi aussi, mon cher Ménival; et puisque vous avez la complaisance de vous en rapporter à ma famille et à moi pour la décision de cette affaire, Casimir ayant cinq voix contre deux....

M. MÉNIVAL.

Je lui avais déjà intérieurement donné la mienne.

M. D'ARLEVILLE.

Eh bien six voix contre deux doivent l'emporter, n'est-ce pas? Veuillez donc inscrire, et exécuter sur la première proposition, *l'action la plus utile à l'Etat*, notre jugement authentique, irrévocable, motivé sur ce que CELUI QUI OSE DIRE LA VÉRITÉ AUX ROIS SERT MIEUX L'ÉTAT QUE CELUI QUI LE DÉFEND.

M. MÉNIVAL, *souriant.*

Ainsi fait et jugé, n'est-ce pas, tel jour et an. Nous y mettrons les formes. Voilà donc qui est décidé; c'est Casimir qui aura les soixante mille francs? Passons à la seconde question: *Quel est celui qui a fait l'action la plus utile à la société.* Pour nous guider sur ce point, nous allons lire les troisièmes et quatrièmes tablettes, qui nous instruiront de ce qu'ont fait *Estève* et *André* depuis la mort de leur père. C'est André qui me tombe le premier sous la main.

TROISIÈMES TABLETTES.

« André, jeune homme doux, modeste et simple dans ses goûts, avait, quoique très-jeune encore, conçu chez son père un grand mépris pour l'humanité, et un penchant extrême pour le recueillement, la méditation. Habitué à fréquenter un couvent de religieux qui se trouvait à quelques distance de Dijon, il avait pris les goûts de ces cénobites, il se livrait sans relâche aux pratiques de la religion, et se proposait même de se confiner, pour sa vie, dans un cloître, lorsque la mort inopinée de son père, vint le distraire de ces résolutions, et l'entraîner vers d'autres objets. Pour suivre néanmoins sa vocation, et dans l'espoir que le Ciel qu'il implorait sans cesse, lui offrirait une occasion de mériter un des prix proposés, il alla trouver le supérieur de son couvent chéri; et comme ce dernier avait le pouvoir de faire des religieux, il obtint de lui qu'il parcourrait le monde sous l'habit de son ordre, ayant un camail à coquilles sur les épaules, un bourdon, un bâton à la main, dans l'attirail enfin d'un pauvre pélerin. Sous cet habillement, André voyagea, demandant l'aumône par esprit de pénitence, et portant néanmoins sur lui les vingt mille francs qu'il avait reçus comme son frère, mais auxquels il ne touchait pas, dans l'intention de faire, avec cette somme, quelque bonne action utile à la société. La France ne lui présentant rien d'intéressant suivant ses projets, il passa en Italie, et ce fut près d'une petite république isolée qu'il se fixa. On lui avait dit que cette petite république, nommée St. T..... se gouvernait seule, était indépendante des autres puissances; mais, en même temps, qu'elle était le repaire de l'égoïsme, de la malignité, et de tous les vices en général. André osa concevoir le dessein de réformer cette peuplade, et voici comment il s'y prit.

André était épuisé de fatigue lorsqu'il approcha de St. T..... La nuit commençait à déployer ses voiles, et dans une campagne écartée de toute habitation, seul, à pied, André avait encore une lieue à faire avant d'entrer dans la ville.

Il lui était impossible d'aller plus loin, lorsqu'il vit briller à quelques pas de lui une petite lumière qu'il n'avait pas remarquée, et qu'un arbre sans doute lui avait cachée. André s'approche de cette lumière, elle est dans une espèce de cabane surmontée d'un petit clocher. André voit clairement que c'est un hermitage. Il entre. Un vénérable religieux y gissait mourant, étendu sur un grabat. Qui vient, dit ce moribond d'une voix faible et souffrante ! — Un religieux comme vous, mon père, et qui vous demande la permission d'adoucir les maux dont vous paraissez souffrir. — Mes maux ? ils vont finir, Dieu me rappelle à lui, je n'ai plus que quelques heures à vivre, et depuis deux jours que je me meurs, vous êtes la première personne que j'aie vue et qui ait parlé de me secourir. — Quoi, les habitans de St. T.... ? — Qu'attendrais-je de ces hommes durs, insensibles ?... J'ai voulu les convertir, impossible ! Ah, je meurs sans regret ! — Mais si je pouvais ?... —

Quoi, me rappeler à la vie ? cela n'est plus au pouvoir des hommes. Il faut que je rende au Créateur le soufle qu'il m'a donné, et j'y suis disposé.

André vit en effet que le grand âge et les infirmités du père Angelo (c'était son nom) ne pouvaient reculer sa mort, et il causa avec lui, il l'assista de tous ses soins à ses derniers momens. Le père Angelo, reconnaissant, lui fit le don de son hermitage, du peu qu'il possédait; il lui indiqua la manière de se conduire dans cette solitude pour obtenir sa subsistance, et il expira.

Dès le lendemain André alla à la ville, fit rendre les derniers devoirs à son ami, et s'installa dans l'hermitage. Il y a passé quatre mois et demi à édifier tous ceux qui l'ont connu; il a su adroitement faire passer ses vingt mille francs, par petites parties, dans les mains des indigens. En un mot, par son exemple, par ses conseils, par des vertus très-rares dans un jeune homme de son âge, il a ramené à la foi, à la religion, à l'humanité, bien des âmes égarées ; et l'on peut assurer que, lorsqu'il a quitté un moment, au jour prescrit, St. T..... pour se rendre à Dijon, il avait déjà converti plus de la moitié des habitans de cette république. Il y retournera, et sans doute il achevera son ouvrage, il aura rendu ainsi à la morale des méchans qui s'en écartaient, et qui devront à un seul homme leur retour à la vertu, et par conséquent leur salut. On demande si André n'a pas fait *l'action la plus utile à la société ?* »

Quand ces tablettes, très-courtes, furent lues, M. Ménival s'apperçut que son jeune auditoire hochait la tête en signe de mécontentement. « Je vois, dit-il, que vous n'êtes pas trop portés pour mon hermite. Il ne faut rien préjuger cependant avant de connaître Estève. Voyons, passons à lui. Il est un peu plus long dans son récit. J'ai tort de dire son récit, c'est celui d'un homme à qui il a rendu le plus signalé service, vous allez en juger :

QUATRIÈMES TABLETTES.

« Comment m'y prendrai-je pour commencer la narration intéressante que j'ai à faire ? Quels termes vais-je employer pour exprimer ma reconnaissance envers l'ange du ciel qui est venu me sauver de l'infâmie, de la mort, de tous les maux ? et quel style pourra-t-on exiger d'un pauvre domestique, accusé d'un crime affreux, et justifié enfin par les soins du généreux, du bienfaisant Estève ? O vous, M. Ménival, vous qui lisez ces lignes tracées dans le trouble, sans ordre et sans talent ; vous qui devez adjuger un prix de vertu, que n'en avez-vous cent à donner au jeune Estève ! Après m'avoir lu, vous verriez qu'il les a bien tous mérités !... Ayez de l'indulgence pour la manière dont je vais vous raconter le trait le plus extraordinaire, le plus affreux, et ne voyez, dans le récit du pauvre Jacques, que les faits, sans y chercher des phrases, ni de l'esprit ! C'est mon histoire que je vais vous dire, et celle de mon jeune bienfaiteur; son action si courageuse, si belle, s'y trouveront nécessairement liées.

» Je suis le fils d'un pauvre paysan, vigneron, nommé Jacques-Georges Bellhomme. Comme, étant petit, j'avais une figure assez intéressante; de la vivacité, et quelques dispositions, une bonne vieille dame, mère du seigneur de notre village, dans le Poitou, me prit en amitié, me fit apprendre à lire, à écrire, à compter, de manière que j'étais devenu assez fort sur ces trois sciences-là. Je mettais même passablement l'orthographe, et ma bienfaitrice se proposait de pousser plus loin mon éducation, de me faire ensuite commis dans un bureau, ou quelque autre chose d'approchant; mais le destin ne permit pas que ce louable projet s'accomplît. Je perdis cette bienfaitrice; j'avais quinze ans alors, et son fils, notre seigneur, ne partageant pas à beaucoup près sa bienfaisance ni ses vertus, je fus éloigné du château, et forcé d'aider mon vieux père à ses travaux champêtres. Je souffrais un peu de ces travaux rustiques ; mais mon père était veuf ; il n'avait que moi pour consolation, pour appui, pouvais-je l'abandonner !.... Il mourut à son tour, ce père respectable, et j'avais vingt ans. Seul, isolé dans la nature, sans amis, sans parens, sans fortune, car mon vieux père ne m'avait laissé que des dettes, je vendis le peu qui me restait, je payai les créanciers ; et muni d'une faible somme de trente-six francs, je partis pour Marseille où j'espérais entrer au service de quelqu'un qui m'emmenérait en Amérique, ne voulant pas rester en France où j'avais perdu l'auteur de mes jours. Là, je trouvai bien un Américain, mais qui revenait des îles pour se fixer en France. Seul, comme moi, sans femme ni enfans, sans suite en un mot, il cherchait un domestique fidèle ; il m'agréa et me prit à son service sous le nom de Poitevin qui lui plaisait mieux que celui de Jacques Belhomme que j'avais porté jusqu'alors.

» Je le servis dix ans, cet excellent maître, et s'il n'était pas mort, aurais-je jamais connu le malheur?..... Mais n'anticipons pas sur les évènemens ; je touche bientôt au plus fatal, au plus horrible dont un homme ait jamais été la victime !

» M. Laconfourque, mon excellent maître, n'était plus, et ne lui connaissant aucun parent en France, je pris le parti de chercher une autre place. Il m'avait bien laissé une petite rente et quelques cadeaux ; mais j'avais trente ans ; j'étais jeune encore, et je ne possédais pas assez pour vivre à ne rien faire. Je me décidai à venir à Paris, et j'allai me loger dans une maison garnie, au faubourg Montmartre, où l'on donnait à manger à très-bas prix, chez la mère Simon, bonne vieille femme qui était de mon pays, et qui m'avait vu naître. Elle me reçut très-bien, me donna une petite chambre, et me promit de s'employer pour me chercher une place. Elle y mit en effet tous ses soins et le plus grand zèle ; car, dès le lendemain elle entra chez moi d'un air rayonnant. Mon ami Jacques, me dit-elle, le sort t'a favorisé ! dès aujourd'hui tu peux entrer dans une excellente condition. Un garçon perruquier, chambrelan comme l'on dit, qui vient manger ici, et qui coïffe des messieurs fort riches là-haut, au bas de Montmartre, vient de m'avertir que ces messieurs cherchaient un domestique, et il va te présenter à eux. C'est un vieillard veuf qui loge avec ses trois fils dans la maison que tu vois là-bas, et qui lui appartient. On l'appelle M. de Sincé, tu seras là comme le poisson dans l'eau ; car il n'y a ni femme, ni enfans, les trois jeunes gens ont de dix-sept à vingt ans.

» Je reçus cette nouvelle avec joie, et le garçon perruquier étant venu me chercher, je fus en effet présenté à M. de Sincé qui m'agréa sur-le-champ, en voyant mes papiers et sur-tout le certificat que m'avait laissé encore mon ancien maître, M. de Laconfourque. Me voilà donc dans cette maison, funeste maison! où l'enfer sans doute avait conduit mes pas!....

» Sans partager les défauts de mes pareils, qui étudient leurs maîtres et médisent d'eux à la journée, je ne pouvais m'empêcher d'observer les personnages que je servais. M. de Sincé, vieillard de soixante-dix ans, était assez bon, mais du caractère le plus faible, et j'oserai le dire, (la suite ne le prouvera que trop) sans une grande moralité. Il avait des maîtresses et en souffrait à ses fils. Du reste, c'était un honnête homme quant aux actes de la vie. Il payait bien, et se serait fait un scrupule de retenir un sou à qui que ce fût. Pour ses trois fils, c'était bien les plus mauvais sujets de la terre. Jeunes, de la figure la plus douce, la plus intéressante, ils se livraient à tous les genres de dissipation, je dirai plus, à tous les vices! Il n'était question d'état, ni d'études avec eux; ils passaient leur tems dans des orgies scandaleuses, rentraient ou ne rentraient pas souper, menaient par le bout du nez leur père qui les gâtait à la journée, et qui ne se fâchait contre eux que sur un seul point; c'était lorsqu'ils lui demandaient de l'argent. Il leur en fallait à ces libertins : aussi, quand ils ne pouvaient pas en tirer de leur père, ils le volaient, ou faisaient mille bassesses pour s'en procurer à usure des juifs les plus juifs. Cette connaissance de leurs caractères, de leur conduite, je ne l'avais pas encore pleinement lors de mon malheureux accident, ce n'est que par la suite que j'ai eu ces funestes lumières, et dans une circonstance bien terrible....

Il y avait deux jours que j'étais dans la maison, lorsqu'un ami de mon maître, homme d'âge nommé M. d'Alquevas, qui habitait continuellement un château dans la Provence, et qui descendait chez M. de Sincé lorsque ses affaires l'appelaient à Paris, vint lui demander son logement habituel pour une quinzaine de jours. Ce logement, simple pied-à-terre, était au second, précisément au-dessus du cabinet de M. de Sincé qui occupait tout le rez-de-chaussée pour profiter d'un superbe jardin attaché à la maison. M. de Sincé reçut son ami à bras ouverts, et m'ordonna, comme cela était juste, de faire tous les jours la chambre de cet ami qui lui était bien cher. Ici va commencer l'action tragique qui m'a fait connaître le vertueux Estève, et dont je n'ai su les détails que bien long-tems après; mais je dois vous la dire pour vous mettre au courant de la plus odieuse scélératesse que des hommes aient jamais pu imaginer!

M. d'Alquevas, après avoir donné deux jours à ses amis, je dis à ses amis, car il avait vu naître les trois jeunes gens, et les connaissait dès leur enfance, M. d'Alquevas annonça qu'il avait un petit voyage à faire à huit lieues d'ici, qu'il coucherait dehors une nuit, et qu'il reviendrait le lendemain soir. C'était pour des affaires relatives à une succession; il devait aller dîner chez son notaire, et l'emmener avec lui. Moi, n'ayant plus besoin de la clef de son appartement, je la descendis à M. de Sincé qui la suspendit, devant moi, à un clou de la cheminée de son cabinet. Le jour du départ de M. d'Alquevas, j'étais si fatigué (j'avais mis du vin en bouteilles, fait divers gros ouvrages), j'étais si harassé, dis-je, que je demandai à mon maître, qui ne soupait jamais, la permission d'aller me coucher. Il me l'accorda. Jamais je n'avais éprouvé une si forte envie de dormir, elle n'était pas naturelle selon moi; mais j'y cédai, et je m'endormis profondément, je crois même sans avoir eu la précaution de mettre le verrou à ma porte.

M. de Sincé s'était couché aussi à onze heures sans attendre ses fils qui n'avaient pas l'habitude de rentrer sitôt. Il était donc sans lumière dans son lit, où il ne dormait pas, lorsqu'il crut entendre marcher, aller et venir au-dessus de lui, dans la chambre de son ami qu'il savait absent. Il pense qu'il se trompe; il écoute..... Le bruit augmente, on semble faire des paquets, remuer des meubles, et pourtant il ne doit y avoir personne dans ce logement. M. de Sincé présume avec raison que des voleurs se sont introduits chez M. d'Alquevas. Il ne manque pas de courage pour son âge. Il se lève doucement, allume une bougie et regarde à sa cheminée, où il reste bien surpris de trouver la clef de son ami à laquelle on n'a pas touché. Cependant il y a du monde chez lui!.... M. de Sincé prend cette clef, sa lumière, et montant doucement, il ouvre la porte de M. d'Alquevas... Qu'apperçoit-il? ses trois fils! oui ses trois fils qui pillent secrétaires, commodes, et font des paquets d'effets précieux. Ces trois voleurs restent interdits. Que faites-vous, misérables, leur crie leur père saisi d'horreur? — Mon père.... — Eh quoi, monstres, vous voulez donc me déshonorer!... — Mon père.... il est vrai.... — Malheureux! remettez vîte ces effets à leur place, et gardons-nous tous de faire le moindre bruit. — Mon père.... — Eh bien, l'on ne m'obéit pas ?... — Mon père, il en manque de ces effets.... l'or, l'argent, les bijoux sont déjà partis.... ce matin... — Ah, c'est depuis ce matin que vous faites ce joli métier-là ! Grand Dieu ! où suis-je !... Mais agissons.... combien y avait-il d'or, d'argent, je puis restituer... Parlerez-vous, vils brigands !...

Les enfans n'ont pas le tems de répliquer, un homme paraît ; c'est M. d'Alquevas lui-même qui rentre chez lui, son voyage ayant été remis à un autre jour. M. d'Alquevas recule trois pas en voyant son ami et ses trois fils au milieu du désordre de son logement. L'aîné des fils, scélérat intrépide, prend son parti, et volant au-devant de M. d'Alquevas, il s'écrie : Quel bonheur ! le ciel nous renvoie notre ami ! au moment où on le volait ! — On me volait ! — Oui, nous sommes montés ici tous les quatre. Le monstre s'est évadé, et nous avons trouvé tout ceci dans ce triste état. Voyez-vous (*il ramasse une clef*), voici la fausse clef qu'il a fait faire, elle est en tout semblable à celle qui était suspendue là-bas. Ah, le coquin !...

Il ne vient pas dans l'idée à M. d'Alquevas qu'il soit volé par ses propres amis, il demande quel est le voleur. — Faut-il le demander, répond l'aîné? c'est ce nouveau domestique que mon père a pris ici sans informations; car il est d'une légèreté!

M. de Sincé, malgré cette apostrophe singulière dans la circonstance, n'a pas la force de démentir son fils; il sent qu'il est perdu, déshonoré, s'il nomme les vrais coupables; et il a l'indigne faiblesse de laisser tomber tout le poids de l'accusation sur une tête innocente. Je l'ai vu, poursuit le fils aîné, comme je montais avec mes frères et que mon père nous suivait; je l'ai vu, cet infâme voleur, sortir d'ici, grimper les escaliers jusqu'à sa chambre, où sans doute il s'est enfermé, et où nous trouverons quelques objets du vol.

Pendant qu'il parle, M. d'Alquevas

visite ses meubles, son secrétaire. Oh ciel, s'écrie-t-il, tous mes billets de caisse, tout mon or!.. Ah, mon ami!...

Il se jette dans les bras de M. de Sincé. Vous jugez de l'état de ce dernier; mais il laisse faire le mal, et digne père de pareils fils, il se contente de dire en balbutiant: Moi.... je.... je n'ai rien vu.... Je n'ose pas dire que ce soit Poitevin.... je suis monté plus lentement que mes.... que ces messieurs.... après eux....

Les trois fils s'empressent de remettre tout en place; ils gémissent, ils disent mille horreurs de moi. M. d'Alquevas propose d'aller visiter ma chambre. — Non, non, dit l'aîné; demain il sera tems. Il nous suffira de l'enfermer à triple tour, et je me charge de ce soin.

Il monte avec ses frères, M. d'Alquevas les suit, et les misérables, bien sûrs que rien ne peut me réveiller puisqu'ils m'ont donné d'avance un somnifère, m'enferment en effet, en disant à voix basse: Voyez-vous qu'il feint de dormir. On l'entend ronfler d'ici; mais nous le tenons, et demain sans bruit, sans scandale, nous le pêcherons au saut du lit.

Ils redescendent. On couche M. d'Alquevas, qui se trouve incommodé de la douleur que lui cause cet événement, et qui promet de ne faire aucun bruit si tout lui est rendu. Laissons le père faire à ses scélérats de fils les reproches qu'ils méritent, et finir, selon toute apparence, par leur céder, pour sauver son honneur!.... Revenons à moi. Il était tard quand je me réveillai, on avait si bien engourdi mes sens! Je fus fort étonné, en me frottant les yeux, de voir auprès de mon lit le fils aîné, qui me dit de l'air le plus doux: Tu as fait le paresseux ce matin, Poitevin? — Il est vrai, Monsieur, je vous demande pardon.... quelle heure est-il donc? — Tout-à-l'heure dix heures.... Et M. d'Alquevas qui est revenu? — Bon! — Hier soir; mais bien malade! il demande un bouillon, descends, la cuisinière te le donnera et tu le lui porteras.

Je m'habille à la hâte, cet homme affreux m'aide même à passer mes vêtemens, je descends chercher le bouillon que je trouve en effet tout préparé, et je le monte à M. d'Alquevas qui, dans son lit, me lance un regard terrible auquel je ne comprends rien. A peine M. d'Alquevas a-t-il pris, sans me dire un mot, les trois quarts de son bouillon, que le fils aîné entre dans sa chambre en s'écriant : N'achèvez pas, mon ami, n'achèvez pas ce fatal breuvage qui sans doute est empoisonné !... — Empoisonné ! —Malheureux (*il s'adresse à moi.*) t'avais-je dit de l'apporter toi-même, et veux-tu tuer Monsieur après l'avoir volé ?

La foudre, tombée à mes pieds, ne produirait pas sur moi un plus cruel effet que ces mots affreux. Je reste interdit ; M. d'Alquevas est en proie en effet à des convulsions affreuses. Des soldats entrent précipitamment, me saisissent malgré mes cris ; M. d'Alquevas expire !... On me fouille, on trouve dans mes poches du poison ! Quelle horreur ! je m'écrie que je suis innocent ; on me force à monter chez moi ; on y fait des perquisitions. Le même poison se dévoile en petits paquets dans ma cassette. On y trouve encore des lettres, des effets, des bijoux à M. d'Alquevas, et tout cela caché, ployé avec le plus grand soin dans des coins et sous d'autres effets à moi. C'est pendant mon profond sommeil que les misérables ont eu le tems de placer ces preuves d'un crime que je n'ai pas commis ; mais j'en suis accusé ; on me traite en scélérat ! Je demande en vain à parler à M. de Sincé ; il est invisible pour moi, pour tout le monde ; il pleure, dit-on, la perte de son ami, et l'on me plonge dans un noir cachot !

Mon procès s'instruit : des témoins timides croient m'avoir entendu monter, descendre pendant la fatale nuit. Un autre témoin est suborné ; c'est la cuisinière qui prétend m'avoir vu jetter le poison dans la jatte de bouillon. Toutes les preuves s'accumulent contre moi, et la mort la plus infâmante menace ma malheureuse tête.

Estève était à Paris dans ce triste moment, il entendit parler de mon affaire ; et averti par un secret pressentiment de mon innocence, il vint me voir dans ma prison, précisément deux jours avant mon jugement. Je lui protestai que toutes les accusations étaient fausses ; je versai devant lui des larmes véritables ; il me crut ; et, présumant comme moi que les seuls auteurs du vol et du meurtre étaient les fils Sincé, il se promit d'user de ruse pour savoir la vérité. D'abord, après m'avoir quitté, il fit tant de courses, il mit tant de gens en campagne, qu'il découvrit l'asyle des femmes perdues, chez lesquelles les fils Sincé se rendaient tous les jours ; il s'y présenta comme un riche banquier étranger qui cherchait à faire des maîtresses ; il répandit de l'or, et s'insinua bientôt dans l'intimité de ces malheureuses qui possédaient une partie des bijoux de M. d'Alquevas ; fort de cette connaissance, il apprit ensuite la demeure de l'apothicaire chez lequel l'une de ces femmes avait acheté le poison pour le remettre à l'aîné des Sincé. Il trouva jusqu'au serrurier qui leur avait fait une clef pareille à celle de M. d'Alquevas. Ce ne fut pas assez ; sous le costume et le nom d'un juif, il acheta, des fils Sincé, quelques diamans qui avaient appartenu au défunt : dans une espèce d'écrin se trouvaient justement deux billets écrits de la propre main du provençal, et que les scélérats n'y avaient pas découverts. Toujours sous le personnage du juif, Estève invita les trois fils Sincé à un déjeûner splendide où, après les avoir fait boire jusqu'à perdre la raison, il les menaça, le pistolet sur la gorge, de les tuer tous les trois, s'ils ne lui découvraient la vérité sur les crimes imputés à Poitevin. Ces trois coquins, ivres morts, pâlirent, chancelèrent, dévoilèrent une partie du secret; et des témoins sûrs, apostés par Estève, écrivirent leurs dépositions.

Muni de toutes ces pièces, Estève

court au tribunal. Hélas ! mon fatal jugement venait d'être prononcé. J'étais condamné !... Juges, s'écrie Estève, juges intègres, mais trompés, suspendez, suspendez ce fatal arrêt. Poitevin est innocent, j'en réponds sur ma tête, et je cours au chef de l'Etat, implorer de lui un sursis à l'exécution de votre funeste sentence.

Il parle, il étonne, séduit, entraîne, et revient bientôt avec l'ordre de revoir, de recommencer toute la procédure. Les trois fils Sincé sont arrêtés ; leur père lui-même est entraîné dans leur juste disgrâce. Interrogés séparément, ils se coupent, ils balbutient, enfin le père avoue tout, dans l'espérance d'obtenir sa grâce, vu l'embarras extrême dans lequel il s'est trouvé. Estève est par-tout ; c'est lui qui me console, qui me défend, qui poursuit les coupables, et n'épargne ni ses pas, ni sa bourse. Enfin mon honneur est réhabilité, je sors triomphant de cette malheureuse affaire, mes fers sont brisés, les trois Sincé condamnés à ma place, et leur père est renfermé pour le reste de ses jours !...

Voilà ce que je dois au jeune, à l'éloquent, au courageux Estève qui, depuis, et encouragé par la cause qu'il a gagnée, se livre aux soins si précieux de défendre tous les opprimés, suit en un mot le barreau, où l'appellent ses talens, son excellent cœur. Jugez vous-même, monsieur Ménival, si celui qui a sauvé la vie à un de ses semblables, n'a pas fait l'action la plus belle qui puisse honorer l'humanité ! »

Après la lecture de ces tablettes, un cri s'élève dans le jeune auditoire de M. Ménival, et ce cri unanime est un oui ! — Oui, ajoute Henri, celui qui dévoile de vrais coupables, qui fait briller l'innocence d'un opprimé, qui rétablit le cours de la justice, qui éclaire des juges, édifie bien plus que le moine fainéant, hypocrite ou fanatique qui va, dans un hermitage, distribuant des orémus ou des avé mystiques. Estève, selon moi, a fait *l'action la plus utile à la so-*

ciété, en lui rendant un honnête homme, en se consacrant à la défense de l'innocent.

L'avis d'Henri fut celui de Théodore, de Cyprien, de Clara, d'Elisa, de leurs parens, et de M. Ménival lui-même. Il fut donc décidé qu'Estève aurait les soixante mille francs indiqués par le testament.

XLIIe. JOURNÉE.

PERSONNAGES,

MADAME D'ARLEVILLE,

Clara, Elisa, Virginie, Mimi, Adrienne et Flavie.

Monsieur d'Arleville, voulant joindre à sa belle propriété de la Chartreuse quelques lots de terre, quelques chaumières de paysans, qu'il desirait faire abattre pour aggrandir son jardin, et se trouvant en marché depuis quelques jours pour ces objets, avait prié son ami Ménival de l'accompagner pour visiter ces terres, et l'aider dans cette acquisition. Ils avaient emmené avec eux tous les jeunes garçons, pour leur procurer une promenade agréable, en sorte qu'il ne restait à la maison que les demoiselles et leurmère, occupées toutes ensemble à des travaux de leur sexe. As-tu fini, dit madame d'Arleville à sa fille aînée, la broderie que je t'avais donnée pour le meuble du salon ? — Maman, pas encore, c'est bien long ! — Et toi, Elisa, as-tu achevé de nétoyer les papillons du cabinet d'histoire naturelle ? — Maman, je m'en occupe. C'est qu'il y a tant d'ouvrage à cela ! — Fort bien. Je parie que Virginie n'a pas réuni encore en un seul rouleau les cartes géographiques du cabinet d'étude ? — Maman, cela se fera, J'ai eu tant d'autres choses à terminer ! — A merveilles ! C'est trop long ! Il y a tant d'ouvrage à cela ! Cela se fera ! Vous êtes bien négligentes, mesdemoiselles ! Je vous avais pourtant laissé le tems nécessaire ; car il y a au moins deux mois que je vous ai prescrit cette besogne. Et si j'étais de ces mères à exiger que cela fût fait en une semaine, en un jour même ! peut-être pourrais-je vous pardonner. Tenez, il faut que je vous offre pour exemple de zèle et d'activité, l'histoire d'une jeune personne de votre âge, qui depuis est devenue une grande dame, et qui m'a raconté ses aventures avant-hier, en me rendant une visite. Vous savez bien, madame de Sézeville ? Vous l'avez vue, je crois ? — Oui, maman ; n'est-ce pas cette grande dame qui avait de si beau point d'Angleterre sur son bonnet ? — Elle-même ; j'aime l'observation ; mais de même que vous avez remarqué ses dentelles, je vous prierai de vous souvenir de sa conduite dans une circonstance plus difficile que celle où vous vous trouviez quand je vous ai recommandé les cartes géographiques, le meuble du salon et les papillons de votre père. Ecoutez-moi avec attention.

NICETTE,

Ou la petite Psyché.

« Le comte d'Ursec avait épousé une femme de rien, du caractère le plus revêche, et de la plus mauvaise éducation. Un fils avait été le fruit de cet hymen ; mais ce fils, aussi bas dans ses goûts que son père et sa mère, avait fait la cour à la fille d'un fermier, l'avait enlevée, était parti avec elle, l'avait épousée enfin sans le consentement de ses parens, puis était mort, après être devenu père d'une jolie petite fille, qu'on nommait Nicette.

La veuve du jeune d'Ursec, privée de son mari, de tout appui sur la terre, prit sa fille par la main et alla se jeter aux genoux du comte, pour en obtenir qu'il daignât prendre au moins quelque soin de l'éducation de Nicette, âgée alors de quinze ans. Le comte et la comtesse rejetèrent au loin l'épouse de leur fils ; mais le comte, plus humain que sa femme, recueillit Nicette, et l'adopta comme son aïeul. Cet arrangement contraria beaucoup la comtesse qui avait pris chez elle un neveu à elle, orphelin de père et de mère, le jeune Armand de Sézeville, qu'elle adorait et gâtait comme son propre fils. Elle craignait que Nicette ne nuisît dans le cœur du Comte à la tendresse qu'elle attendait toute entière de lui pour son neveu. Elle se promit bien en conséquence de mortifier sa petite fille, qu'elle détestait, de ne lui donner aucune éducation, de la laisser vêtue en paysanne, chaussée avec des sabots, et mêlée avec les domestiques. Elle tint parole. Nicette, douce et sensible, pleurait amèrement de cet excès de dureté. Le Comte en faisait quelquefois, mais vainement, des reproches à sa femme. Il n'y avait, dans tout le château, que l'aimable Sézeville qui pût consoler Nicette. Armand comptait dix-huit ans; il était beau, bien fait, et sur-tout doué d'un cœur excellent. Nicette était fort jolie. Ces deux jeunes gens s'entendirent et s'aimèrent, mais à l'insu de madame d'Ursec qui, si elle s'en fût doutée, aurait chassé Nicette de chez elle, attendu qu'elle destinait à son neveu un parti de la plus haute importance.

Sur ces entrefaites, le Comte tomba malade et mourut. Avant de rendre le dernier soupir, il sentit ses torts envers Nicette, et fit promettre, sous le sceau du serment, à sa femme qu'elle n'abandonnerait point, qu'elle n'éloignerait même jamais du château cette intéressante personne, à moins qu'elle ne manquât au respect, à l'obéissance qu'elle lui devait. Madame d'Ursec s'y engagea; mais Nicette avait perdu son seul appui; son aïeule ne pouvait pas la souffrir, et cette aimable enfant prévoyait dans l'avenir mille maux qui ne tardèrent pas en effet à fondre sur elle.

La voilà donc plus isolée que jamais dans le château; et, sans l'amour, sans les doux et secrets entretiens de son ami Armand, la pauvre enfant mourrait de douleur, ou fuirait la tyrannie d'une mégère; mais non, elle ne la fuirait pas; car, qui le croirait! Nicette l'aime, cette méchante femme, et se sent pour elle toute la tendresse d'une fille soumise.

Madame d'Ursec, libre maintenant et maîtresse du sort de Nicette, fit bientôt peser sur elle son sceptre de fer. Elle crut s'appercevoir que son neveu, son benjamin, avait du goût pour elle, et cette remarque redoubla sa haîne et sa rage contre l'infortunée. Que je suis sotte, se dit-elle, d'avoir promis à mon benêt de mari de la garder près de moi! Quand quelqu'un est à l'article de la mort, on a comme cela pour lui des déférences plus bêtes! ... Mais un moment donc? Il m'a engagée à la garder, à moins qu'elle ne manquât au respect, à *l'obéissance* qu'elle me doit. A *l'obéissance!* Ce mot me rend toute ma liberté. Je lui commanderai des choses si difficiles, des ouvrages si durs, que, ne pouvant les faire, elle sera forcée de me *désobéir*. Alors je me trouverai dégagée de mon serment, et je la renverrai, et j'éloignerai de mes yeux un objet qui me déplaît! Fort bien, le sort me laisse un moyen d'escobarder ma promesse, et je vais le saisir sur-le-champ.

Elle appelle Nicette, un matin. Mademoiselle, lui dit-elle, ne croyez pas que vous resterez ici à ne rien faire. Ce n'est qu'en travaillant que vous pourrez justifier la protection que je veux bien vous accorder. — Ordonnez, madame; je suis prête à tout. — A tout! cela est bientôt dit. Au surplus nous allons éprouver cette bonne volonté. Vous voyez bien ce grand carré de quatre arpens, qui est là-bas en jachère, au bout de mon parc; il est plein de fleurs des champs, blanches, rouges, violettes, qui ont poussé là naturellement, je vous ordonne de les arracher toutes, les unes après les autres, sans aucun outil que vos doigts, et de me composer, de la totalité, un bouquet que vous m'apporterez demain matin, à mon lever. — Madame sera satisfaite. — A la bonne heure; si cela n'est pas fait, ou s'il y reste seulement une petite fleurette grande comme cela, je vous chasse!

Nicette se retire, en pensant à la longueur du travail qu'on lui impose; elle court sur-le-champ se mettre à la besogne; mais elle est si longue! Le soleil a déjà parcouru les deux tiers de sa carrière, et elle n'est pas à la moitié de la pièce. Tandis que couchée par terre, souffrante de cette position et ne pensant à prendre aucune nourriture, elle implore en secret le secours du Dieu qui protégea, en pareille occasion, Psyché dont elle a lu l'histoire ; ce Dieu entend ses prières, et vole à son aide. Ce Dieu, mes filles, c'est l'Amour, ou plutôt son amant Armand, qui, ayant appris ce qu'on exige de Nicette, vient partager avec elle la tâche qu'on lui a prescrite. Jeune et vif, il en fait plus qu'elle ; et le soir même, la pièce est nettoyée, le bouquet est fait.

Nicette, de grand matin, se présente, en le tenant à la main, à la porte de son aïeule. Madame d'Ursec, étonnée, ne soupçonnant point qu'elle ait été aidée, court à la pièce, et n'y trouvant plus une seule fleur, elle concentre son dépit. C'est fort bien, mademoiselle, dit-elle à Nicette, en lui lançant un regard courroucé ; mais voici bien une autre affaire.

Mon plumassier m'a envoyé hier vingt livres de plumes, pour garnir les coussins des bergères que je me fais faire. Je vous ordonne de trier les plumes les plus légères, de mettre à part les moyennes, et de faire également un tas des plus grosses. Il faut aussi que j'aie cela demain matin. Montez au garde-meuble, et mettez-vous sur-le-champ à l'ouvrage, en prenant ces plumes une à une, c'est bien entendu !

Nicette se conforme à ce nouvel ordre; mais, à peine a-t-elle commencé, qu'elle voit clairement l'impossibilité de terminer cette besogne en un jour. Elle pleure; elle est prête à tout abandonner... Armand est là qui la guette; Armand vient encore partager son travail; et le lendemain matin, les trois parts des plumes sont faites.

Que devient madame d'Ursec, en voyant ce travail? Elle pense qu'un génie bienfaisant vient secourir Nicette, à dessein de la contrarier. Elle s'avise d'une nouvelle épreuve. Elle fait mêler ensemble trente boisseaux de pois, fèves, lentilles, dix boisseaux de chaque espèce ; et, quand tout cela est amoncelé, bien pêle-mêle, elle commande à Nicette de les trier, de manière à ce qu'il ne se trouve pas une seule lentille avec les pois, etc. Il faut de même que cette besogne soit terminée le lendemain.

Nicette en vint à bout, avec l'aide de son amant ; mais pour le coup, il leur fallut à tous deux passer la nuit. Que cette nuit fut pénible, mais en même tems agréable pour eux ! Réglée par le travail et la décence, cette nuit leur permit de se parler de leur amour ; et ils ne firent que cela jusqu'au petit jour, où enfin les divers légumes se trouvèrent totalement séparés les uns des autres.

Madame d'Ursec, plus étonnée encore de ce succès que des autres qu'avait obtenus Nicette, soupçonna que, jusqu'alors, quelqu'un l'avait aidée dans ses divers travaux ; et, comme depuis trois jours, elle n'avait vu son fils que par momens, elle devina aisément que c'était ce jeune homme qui avait prêté ses secours à l'infortunée. Furieuse de cette découverte, elle forma le projet de brouiller les amans. Au moyen d'une lettre supposée et d'une intelligence simulée entre Nicette et un garçon jardinier, elle fit entrer la jalousie dans le cœur du jeune homme; et, pour éviter à tous deux une explication, elle se proposa de donner à sa petite fille une occupation qui pût l'éloigner de la maison. Elle l'appela donc. Nicette, lui dit-elle, en souriant avec amertume, c'est affaire à toi! Comment donc? mais tu viens à bout des travaux les plus difficiles! Tu as une fée qui te protège sans doute, ou plutôt tu es une fée toi-même! Je ne te connaissais pas tant de talent. Nous allons le mettre à l'épreuve pour la dernière fois. Si tu sors triomphante de celle-ci, je te l'avoue, je te rendrai mon amitié; mais, si tu échoues, je te bannis pour jamais de ma présence. Voici un herbier, où plus de quatre mille plantes sont coloriées. Cet herbier n'en contient pas une seule qui ne se trouve dans les champs ou dans la forêt prochaine. Il faut que, ce livre à la main, tu me cherches toutes les plantes naturelles qui y sont peintes, et que tu me les apportes. Je te donne quatre jours pour ce travail ; c'est raisonnable, je crois ? Songe à bien employer ces quatre jours, à ne pas rentrer une seule minute au château pendant cet intervalle, à ne revenir enfin que le cinquième, et chargée des quatre mille plantes qu'il me faut. Vas herboriser dès ce moment, je te laisse le champ libre.

Nicette soupira, et sentit que, n'ayant aucune connaissance dans la botanique, cette tâche était pour elle impossible à remplir.... Mais son aïeule lui promettait le retour de sa tendresse ; et cette récompense était trop précieuse, pour qu'elle ne cherchât pas à la mériter.

Elle part donc, une pannetière au bras, un bâton à la main, dans l'attirail d'une simple bergère ; et la voilà qui court les champs, qui s'enfonce dans les bois, courbée sur la terre, cherchant les plantes, les comparant avec celles de son herbier, et n'en trouvant que très-peu qui leur ressemblent. Un jour s'écoule, et elle n'en a pas recueilli une quarantaine. Cela l'effraye; car elle n'a que quatre jours, et il faudrait qu'elle en trouvât mille par journée!... Elle ose se flatter que son amant, qui est bien plus versé qu'elle dans cette partie, viendra l'aider; elle l'attend, et regarde sans cesse du côté du chemin qui mène au château.... Attente inutile! Armand n'arrive pas. (Vous vous doutez, mes filles, que sa tante le retenait auprès d'elle, et d'ailleurs Armand croyait un peu à l'inconstance de son amie!....)

Le troisième jour, au soir, Nicette, qui n'a pas la centième partie de ses plantes, perd courage tout-à-fait. Elle se laisse tomber sur la terre; elle adresse au ciel les prières les plus ferventes, et elle pleure!...

Pour combler son désespoir, un orage

affreux éclate sur sa tête, le ciel est en feu, des torrens d'eau l'abîment dans un nouveau déluge, des ravins se creusent de tous les côtés ; quand elle aurait le desir et la permission de rentrer, il lui serait impossible de retrouver son chemin.... La nuit devient plus épaisse... A la lueur des éclairs la pauvre petite apperçoit une chaumière, ou plutôt une hutte de garde-chasse, dont le maître est absent ; elle s'y réfugie, et passe ainsi la nuit au milieu du désordre de la nature, qui se prolonge jusqu'aux premiers rayons de l'aurore. Le ciel alors s'éclaircit par degrés, et tout annonce la fin de cette horrible tempête. Hélas ! une autre, plus cruelle encore, règne au fond du cœur de notre chère enfant. Elle voit luire le dernier jour qui lui est accordé, et elle pleure de nouveau.

Cependant Armand qui la sait dans les bois, exposée aux injures de l'air, Armand, effrayé de la violence de l'orage, n'a pas pu fermer l'œil de la nuit : il s'est levé avec le soleil ; et, oubliant qu'on lui a presque prouvé l'infidélité de Nicette, ne pensant qu'au malheur de celle qu'il a aimée, qu'il adore encore, il a couru par-tout dans la forêt, la cherchant, l'appelant à grands cris.

Nicette entend prononcer son nom; elle reconnaît la voix de son cher Armand, elle veut voler à sa rencontre.... O douleur! ses genoux fléchissent; son corps, qui n'a reçu, depuis son départ du château, qu'une faible nourriture, ne trouve plus de forces; elle tombe privée de connaissance, et c'est dans cet état que son ami la retrouve!... Armand lui prodigue tous les soins que le lieu et le moment lui permettent; elle ouvre ses beaux yeux!... Mon cher Armand, dit-elle d'une voix faible! — Toi, ma Nicette, toi dans cet affreux état! — As-tu pu m'abandonner?.... — Mais... n'avais-tu pas Jean, le jardinier, qui se vante tout haut d'avoir touché ton cœur? — Que parles-tu d'un autre? Eh! je n'ai jamais aimé que toi!... — Quoi, cette lettre, que voici?....

— Elle est supposée, mon ami!.. Tu m'as soupçonnée! Ah, je le vois, tout le monde m'abandonne, je n'ai plus qu'à mourir! — A mourir! et tu es constante! Non, non, reviens, rentre au château; je vais reprocher à ma tante sa barbarie!... Elle te rendra son cœur, ou je la fuirai pour jamais!... — Que dis-tu? Tu fuirais une bienfaitrice qui t'aime, qui te prodigue toute sa tendresse! je ne le souffrirais pas. Vis pour faire le bonheur de cette dame, injuste sans doute envers moi, mais si bonne pour toi! Que j'oublie à jamais mon amour, plutôt que de permettre que tu la quittes avec tant d'ingratitude!... — Quoi? c'est ton ennemie, et tu peux parler pour elle! — Ce n'est point mon ennemie; c'est une protectrice; mais, prévenue contre moi par la faute dont les auteurs de mes jours se sont rendus coupables envers elle, elle me traite avec une rigueur, qu'elle adoucirait bien, si elle savait combien je la chéris, je l'honore! Rentrez, Armand, je vous l'ordonne par tous les droits que m'a donnés sur vous votre amour, et laissez-moi, laissez-moi mourir là...

Non, tu ne mourras point, s'écrie une voix inattendue! ange du ciel, tu vivras!

Cette voix, c'est celle de madame d'Ursec elle-même, qui a suivi son fils, qui a tout entendu derrière un taillis où elle s'était cachée. Madame d'Ursec prend Nicette dans ses bras. Toi, mourir, ajoute-t-elle, fille charmante que j'ai trop méconnue! quand tu sacrifies à ton devoir l'amour le plus pur!... Ah, tu vivras, ma fille, pour faire mon bonheur, celui de mon neveu, et pour me faire rougir, par tes vertus, de ma cruauté envers toi.

Qu'entends-je, s'écrient les deux amans? — Les accens du repentir, poursuit madame d'Ursec; je veux rendre Nicette aussi heureuse que je lui ai causé de peines. Qu'elle ne trouve plus en moi qu'une mère tendre, et que dès demain elle devienne l'époux de Sézeville ! — O bonheur ! — Pour la vie, mes enfans ; ne formons plus que trois cœurs, qu'une bonne famille, et ne portons jamais nos regards sur le passé ; il me ferait trop de mal !...

Madame d'Ursec fit avancer sa voiture : on y plaça la faible Nicette ; sa mère, son amant se mirent à ses côtés, et l'on revint au château. Le retour de madame d'Ursec était sincère ; elle avait été touchée des sages avis que Nicette avait donnés à son neveu, du dévouement, des propres sentimens de cette jeune personne pour elle qui l'avait tyrannisée, et son cœur était totalement changé.

Nicette devint donc madame de Sézeville, la fille la plus heureuse, l'épouse la plus estimable, et par la suite la plus tendre des mères.

Vous voyez, mesdemoiselles, par cet exemple, combien la patience, la résignation et les qualités du cœur ont d'empire, même sur les méchans ! c'est en se soumettant aux caprices d'une mégère, que Nicette a su la toucher. Je ne vous avais pas prescrit, moi, de terme trop rapproché pour les divers travaux dont je vous avais chargées, et vous ne les avez point faits! je vous avoue que cela m'est sensible! »

Madame d'Arleville cessa de parler, et les trois coupables, que son récit avait émues, sentirent leur faute, sautèrent à son col, et lui promirent d'être par la suite plus obéissantes et plus actives.

M. d'Arleville et son ami, M. Ménival, rentrèrent. Ce dernier n'avait plus qu'un jour à passer avec ses amis : il fallait qu'il retournât à Dijon où l'attendaient les six prétendans aux prix de M. Boullault. Il fut donc décidé que le lendemain on lirait, pour adjuger le dernier, les deux tablettes d'Abel et de Joachim qui restaient à connaître.

Une autre circonstance promettait, pour le jeudi suivant, bien du plaisir aux jeunes enfans de M. d'Arleville : il leur avait promis de les mener tous, ce jour-là, visiter une vieille mâsure abandonnée, où ils devaient trouver bien des choses piquantes pour leur curiosité. Nous verrons aussi tout cela avec eux dans les Journées suivantes.

XLIIIe. JOURNÉE.

PERSONNAGES.

M. D'ARLEVILLE; *le sage* PHILBERT, M. MÉNIVAL.

Henri, Théodore, Clara, Elisa, et Cyprien.

Monsieur Ménival, s'étant réuni, dans le bosquet du jardin, à M. d'Arleville, ainsi qu'aux plus grands des enfans de cet homme estimable, prit la parole en ces termes : Ah ça, mes amis, il nous reste encore deux cahiers à lire, et deux candidats à juger. Nous avons maintenant à décider qui, d'Abel ou de Joachim, a mérité le prix destiné à celui qui aura fait l'*action la plus utile à soi-même*. Voyons, terminons tout de suite cette affaire, afin que je retourne à Francheville, et que je rende une ré-

Sixiemes Tablettes.

Le Moine et le Voleur

ponse définitive aux six fils de M. Boullault, qui m'y attendent. Commençons si vous le voulez, par le cahier de Joachim.

CINQUIÊMES TABLETTES.

« Joachim, possesseur de sa part de vingt mille francs, réfléchit sur l'emploi de cette somme. Voyons, se dit-il, si elle me procurera, avec mon adresse et ma prudence, une place avantageuse, une fortune brillante, le bonheur enfin; car je pense que, dans l'action la plus utile à soi-même, notre père a entendu celle qui nous met à l'abri des coups du sort, et nous procure une félicité constante.... Courons, voyageons et cherchons.

Joachim a vingt-quatre ans; c'est un cavalier très-bien fait, doué de la figure la plus intéressante, et dont l'esprit est aussi orné que son cœur est excellent. Il achète une chaise de poste, prend deux laquais, un train brillant, et sous le nom d'un baron étranger qui voyage pour son agrément, il forme le projet de se rendre à Paris. Mais environ à quarante lieues de cette ville, il est surpris par un orage affreux qui l'empêche d'aller plus loin. Joachim est dans une plaine, éloigné de toute habitation, et la nuit commence à répandre par-tout ses ténèbres. L'orage redouble, la route est bientôt coupée par des ravins ; impossible d'aller plus loin. Joachim cherche des yeux s'il ne verra pas une auberge, une simple mâsure de paysan où il puisse demander l'hospitalité. Il ne découvre rien. Il ne pourrait d'ailleurs deviner s'il est voisin de quelque asyle habité ; car la route, de chaque côté, est bordée d'arbres épais, et il craint d'être engagé dans une forêt longue et dangereuse.... Cependant, en écoutant avec attention, il lui semble entendre des voix qui parlent assez haut, des éclats de rire, et même le bruit joyeux d'un orchestre de danse. Oh, oh, dit-il, on s'amuse par-là ! il y a un bal très-près de moi, et je ne suis pas dans une solitude aussi écartée que je le croyais; mais où, et de quel côté aller chercher ces gens qui sans doute ne me refuseraient pas un asyle ?

Il ordonne à son postillon de redoubler de vîtesse; et, en effet, au détour d'une allée, il distingue à cent pas de lui tout au plus, un magnifique château éclairé avec luxe et dont la grande porte du salon d'en bas, qui est ouverte, laisse voir des gens très-bien vêtus, qui dansent et se livrent au plaisir d'une réunion, malgré la pluie, les éclairs, tout le désordre de la nature. Joachim se décide à entrer dans ce château; mais, en tournant l'avenue, sa voiture verse, se brise; et, tandis que l'un de ses gens se blesse grièvement, Joachim revenu de ce coup violent s'apperçoit avec plaisir qu'il en est quitte pour quelques contusions. Joachim, quoique mouillé, crotté jusqu'à l'échine, s'avance vers le salon de danse. Le maître du château, qui a entendu le bruit d'une voiture, et qui s'imagine que c'est un des convives qu'il attend, s'avance vers Joachim et reste surpris de voir un étranger à la place d'un ami. Pardon, Monsieur, lui dit Joachim ; ma voiture vient de verser, de se briser, et j'ai pris la liberté...—Monsieur a très-bien fait... Monsieur est?... —Le baron de Versac, gentilhomme hongrois qui.... —Quoi, Monsieur serait-il parent de ce fameux Versac qui, dans la dernière guerre?... — Nous sommes parens, très-proches parens même, et si Monsieur en doutait, je lui montrerais des lettres, des papiers.... — Je n'en ai nullement besoin, Monsieur.... vous avez l'air d'un jeune homme aussi honnête que franc, et vous portez les titres de votre noblesse sur votre physionomie. J'ai beaucoup connu votre parent, beaucoup entendu parler de votre famille ; entrez, soyez le bien venu... Je vais donner ordre.... — Malheureusement, Monsieur, j'ai un de mes gens qui est très-blessé. — Eh bien, on en aura soin. Votre voiture se réparera, vos laquais trouveront dans les miens tout le zèle, tous les secours possibles, et vous resterez ici autant de tems qu'il vous en faudra pour vous rétablir ainsi qu'eux ; mais vous êtes trempé de la pluie !... — Il est vrai que je suis dans un état peu décent pour paraître, et j'allais vous prier.... — Ah, ce n'est pas que ma société exige des façons ; ce sont mes parens, mes amis.... Mais si vous voulez faire porter votre valise dans un de mes appartemens ?... — Volontiers ; je changerai, et vous supplierai ensuite de me présenter à votre famille, qui doit être bien estimable, si elle a le bonheur de vous ressembler.

Pendant qu'on porte la valise de Joachim et qu'on le conduit lui-même à son appartement, le maître du château est rentré dans le salon, où il a l'air de dire à l'oreille de chacun, avec le ton le plus important, qu'il vient de recevoir un étranger de la première distinction. Il monte ensuite chez Joachim, l'accable de politesses, de prévenances, et veut absolument assister à sa toilette. Malgré les vives instances de notre jeune homme, il reste, et se met à causer. Vous êtes étonné, dit-il, monsieur le Baron, de trouver tant de monde, tant de joie et de plaisirs réunis ici pendant l'orage affreux qui vient d'avoir lieu? Je m'en vais vous dire; c'est que je suis père, j'ai une fille charmante que je vais marier incessamment, dans deux jours peut-être, et nous faisons aujourd'hui les fiançailles. — C'est fort bien; Monsieur est-il gentilhomme? — Oui, oui, Monsieur, je le suis; c'est-à-dire que j'ai acheté une charge de secrétaire du roi, et vous savez que cela ennoblit? — Ah, oui? — J'étais, je ne vous le cacherais pas, moi, j'étais officier de la bouche de sa majesté, pour la partie de l'office, vous m'entendez? — Très-bien. — Mon père, qui était fort riche, m'a laissé du bien; j'en ai gagné, amassé moi-même, et j'ai aujourd'hui une fortune très-honnête. — Je vous en fais mon compliment. — J'ai acheté ce château, qui est assez gentil; vous le verrez demain au jour; et ma foi, veuf, sans autre enfant qu'une fille unique, je me suis décidé à la marier,

Cette conversation a lieu pendant que Joachim s'habille. Joachim, qui voit clairement que son hôte est un sot assez commun, lourd dans ses manières comme dans ses discours, se propose de s'en amuser. Il prend un ton très-sérieux, soupire et répond à l'hôte : Vous la mariez, dites-vous? — Oui, ce n'est pas que le parti qu'elle épouse soit très-avantageux; c'est un chef de gobelet; mais que voulez-vous? on s'assortit entre soi suivant son état.

Joachim soupire encore. Le maître s'en apperçoit : Qu'avez-vous, demande-t-il? — Ah, Monsieur!... vous touchez-là une corde bien sensible pour mon cœur! — Quelle corde? — Celle du mariage. — Comment; je ne vous entends pas. — Ne dites-vous pas que vous mariez votre demoiselle? — Eh bien, sans doute; je ne vois pas qu'il y ait de corde là-dedans, qui.... — C'est que, voyez-vous, Monsieur, je brûle de me marier, moi, j'en brûle! — Bon! mais avec votre noblesse et la fortune que vous devez posséder....

— Oui, ma noblesse date de six cents ans, sans doute je suis très-riche; eh bien, avec tout cela, je ne trouve point de femme qui me convienne. Je ne m'attacherais ni à la naissance, ni à la richesse; j'épouserais la fille du plus simple bourgeois, pourvu qu'elle m'aimât pour moi-même, qu'elle fut jeune, douce, bonne sur-tout!.... La figure me serait même indifférente; des traits, comme ceux de tout le monde, me suffiraient.

Le maître reste comme frappé d'une réflexion soudaine, et dit, sans y mettre de la réflexion : Ah, mademoiselle Martin est jolie, elle! ce n'est pas parce qu'elle est ma fille; mais... je m'appelle Martin, moi, et par conséquent ma fille porte mon nom.

Il sourit comme s'il venait de dire une chose très-fine, et ajoute cette question : Mais comment, jeune et bien-fait comme vous l'êtes, n'avez-vous pas encore trouvé une femme telle que vous la desirez? — Non, je ne l'ai pas encore trouvée; je ne l'ai pas même beaucoup cherchée...

Il est vrai que si le sort me la présentait....

Le malin Joachim appuye sur ces derniers mots, et continue d'un air indifférent : Oui, si le sort, le hasard me l'offrait.... Il faut que je me marie d'abord. Je le desire pour me fixer, et d'ailleurs je l'ai promis à ma famille, à mon cher parent dont vous avez tant entendu parler, et au roi qui veut bien m'honorer de ses bontés. — Au roi !...

M. Martin laisse échapper un mouvement de surprise et de joie. Il tombe ensuite dans des réflexions qui paraissent très-sérieuses, et ne dit plus un mot. Joachim, qui ne cherche qu'à s'amuser aux dépens de cet original, devine ce qu'il pense, et voit clairement que le papa est bien fâché d'avoir promis, fiancé déjà peut-être mademoiselle Martin. Il ajoute, pour l'achever : Ah, oui, cela ferait un grand plaisir au roi s'il me voyait marié, père de famille. Je lui présenterais ma femme ; elle aurait le tabouret à la cour. — Le tabouret ! — Oh, mon Dieu oui, pour le moins. Mais je veux me donner le tems de choisir; et, comme je vous l'ai dit, je ne m'attacherai ni au rang, ni à la naissance, à rien de ce que nous autres gens de condition nous recherchons ordinairement.... Laissons cela; je vous demande pardon de vous occuper ainsi de moi... Qu'avez-vous à votre tour! vous semblez distrait, sérieux?.... — Je n'ai rien, monsieur le Baron, absolument rien.... Vous êtes prêt? descendons, venez voir mademoiselle Martin; il faut que je vous présente à ma fille. Vous la verrez; elle est jolie, très-jolie, tout le portrait de sa mère, ma pauvre défunte femme!... et de l'esprit avec cela, oh! de l'esprit comme un ange! C'est elle qui me lit, tous les soirs, les romans nouveaux. Je vous dirai plus; elle en fait un, oui, elle en fait un dans ce moment-ci, dont elle m'a lu déjà une page. C'est plein d'intérêt! Oh, je vous dis, on n'a pas de l'esprit comme cette petite fille-là!...

M. Martin, qui accompagne cet éloge

d'un gros rire bête, prend deux flambeaux, marche devant Joachim, et l'éclaire de l'air le plus respectueux jusqu'au salon, où il lui prend la main pour le faire entrer. Je vous présente, Messieurs et Mesdames, dit-il à la société, monsieur le Baron de Versac, mon ami, ou du moins il veut bien permettre que je le devienne. Monsieur le Baron, voilà ma fille. Levez-vous, Thérèse, et saluez monsieur le Baron.... Plus bas, plus bas donc; entendez-vous, mademoiselle?

Joachim voit une petite personne bien gauche, bien niaise, qui rougit jusqu'aux oreilles, et qui n'est pas aussi jolie que son père le prétendait. Joachim lui dit quelques mots galans auxquels elle ne sait pas répondre; puis on lui montre le futur époux. C'est un grand benêt, fort commun, très-mal élevé, qui ricanne niaisement à droite, à gauche, et ne pense qu'à animer la danse dont il est le premier acteur.

Pendant que Joachim contemple cette sotte figure ou parle à mademoiselle

Thérèse, M. Martin est allé chuchotter dans un coin avec ses parens et ses amis intimes. Il leur montre le faux Baron; il leur fait part apparemment des projets qu'il fonde sur cet important personnage; et bientôt il revient accompagné de cette cohorte de parens vers Joachim; il l'entoure d'un bataillon de vieilles tantes, d'oncles, dé cousins, de cousines et de petits-enfans. Tout cela assiège Joachim, lui fait des révérences, des politesses à ne plus finir, et l'on prend dans un coin mademoiselle Martin, à qui l'on fait sa leçon, conforme, suivant toute apparence, aux intentions de la famille. La jeune personne, trop niaise pour avoir une opinion, pour éprouver un sentiment du cœur, se laisse mener comme on le veut, et revient se placer auprès de Joachim, à qui elle prodigue à son tour les cajoleries et les complimens les plus flatteurs. Tout cela cause, dans la société, un désordre dont le futur s'apperçoit. Eh bien, dit-il, est-ce qu'on ne danse plus? Allons, en place, en place? — Laissez-nous donc Bertrand, lui répond une vieille tante de M. Martin; est-ce que vous ne voyez pas que nous devons nous occuper de bien recevoir monsieur le Baron? — A la bonne heure; mais cela empêche-t-il de danser? — Oh, mon Dieu, lui répond sèchement mademoiselle Martin, vous ne parlez que de sauter; vous n'avez que des folies en tête. — Tiens, des folies! elle est bonne là, mademoiselle Thérèse, est-ce que tout-à-l'heure elle ne dansait pas elle-même comme une perdue? — Comme une perdue! vous avez des expressions.... — Eh bien, vous allez trouver à redire à mes expressions à présent? — C'est que vous devez ménager vos termes devant monsieur le Baron! — Ah, ah!...

Bertrand s'apperçoit qu'on l'abandonne; que tout le monde n'est occupé que de l'illustre étranger: ses parens en font la remarque avec lui. Tous se retirent de leur côté, dans un coin où ils délibèrent. Plusieurs ont entendu des mots isolés, qui néanmoins leur font craindre un changement de la part du père et de sa fille; et voilà les deux familles qui forment deux sociétés séparées, absolument distinctes, et qu'agitent des sentimens bien différens. Bertrand, par l'avis de son conseil, se rapproche de M. Martin. Eh bien, lui dit-il, papa, puisque nous ne dansons plus, soupons et signons le contrat? — Oh, le contrat, répond M. Martin avec humeur! — Comment, est-ce que nous ne sommes pas tous rassemblés ici pour cela? n'a-t-il pas été convenu qu'après la danse on se réunirait autour d'un banquet, et que l'on signerait? — Oui... il en a bien été question; mais est-ce qu'on doit s'occuper d'affaires de famille devant monsieur le Baron? — Devant monsieur le Baron, et toujours monsieur le Baron!..... Moi, je ne suis venu ici que pour signer, et je ne m'en irai pas sans cela! — Ah, vous y mettez de l'humeur, mon petit monsieur, de l'obstination? Eh bien, je vous tiendrai tête à mon tour, et je commence par vous signifier qu'on ne signera rien aujourd'hui. — La raison ? — La raison, c'est que je ne l'entends pas, et que je ne veux songer qu'à bien recevoir monsieur le Baron. — Ah, ah, voilà un Baron !... — Que dites-vous, mon cher, interrompt Joachim en feignant de l'humeur? – Rien, Monsieur, lui répond fièrement Bertrand.

Et il s'éloigne de nouveau pour aller conférer de tout cela avec ses parens. Ils reviennent en masse, et demandent à M. Martin s'il veut tenir, oui ou non, sa parole. M. Martin se fâche ; la famille Bertrand riposte, la querelle s'anime famille contre famille ; on se dit des injures, des injures on arrive à se jeter les banquettes à la tête, tout ce qu'on trouve sous la main ; et Joachim, qui cause tout ce tapage, a bien de la peine à séparer les combattans. Il en vient à bout cependant, et la famille Bertrand se retire en jurant qu'elle ne remettra jamais les pieds chez M. Martin. Celui-ci en rit ; il a d'autres vues sur sa petite

Thérèse. Joachim lui témoigne le regret qu'il éprouve d'avoir pu causer.... — Laissez donc, laissez donc, lui répond M. Martin; c'est un mariage rompu, et je n'en suis pas fâché. Ce grand nigaud ne m'a jamais plu, ni à ma fille non plus, n'est-ce pas, Thérèse? — Non, mon papa. — Il est vrai (*il sourit avec malice*).... il est vrai, monsieur le Baron, que vous êtes un peu cause de tout cela; mais ma fille, je lis cela dans ses yeux, en est bien aise; et si vous lui faites perdre un mari, la rusée espère bien que vous lui en trouverez un autre.

Joachim fait un signe de tête, comme un homme qui prend cela pour une plaisanterie. On se met à table, où l'on ne manque pas de placer ensemble Thérèse et Joachim; la petite minaude fait même des agaceries au faux Baron, et l'on conduit celui-ci à son appartement, où il ne peut s'empêcher de rire de tant d'extravagances. Son domestique lui apprend ce qu'il a su des autres; c'est que M. Martin est le fils d'un pâtissier qui lui a acheté sa charge d'officier de bouche à la cour, et par suite ce qu'on appelait autrefois une savonette à vilain, c'est-à-dire une charge de secrétaire du roi. M. Martin n'est pas du tout aimé de son monde; il est avare, lourd, grossier, sans la moindre éducation, et sa chère fille lui ressemble en tout point. Joachim voit que ce n'est pas la femme qu'il lui faut, et il se propose bien de quitter ces hôtes ridicules, aussitôt que son valet-de-chambre sera rétabli de sa blessure, et que sa voiture sera remise en état de rouler.

Huit jours s'écoulent. Joachim s'est amusé aux dépens du père, de la fille. On lui a fait des ouvertures, des propositions auxquelles il a répondu en riant ou en éludant; enfin, un matin, pendant que la famille Martin repose, il monte en voiture et s'éloigne, après avoir laissé, pour le père, une lettre dans laquelle il lui apprend le plus poliment possible, que sa fille ne lui convient pas du tout. Il laisse ainsi M. Martin furieux du tour qu'on lui a joué, et mademoiselle Martin se repentant sans doute d'avoir éloigné un prétendu sûr, pour en ménager un imaginaire.

Arrivé à Paris, Joachim quitte son rôle de baron, qui ne l'a exposé qu'à des sottises; il fait valoir ce qu'il lui reste d'argent, fait la connaissance d'un riche financier, père d'une jeune personne charmante qu'il demande en mariage et qu'il épouse. Il est aujourd'hui excessivement riche, mari de la femme la plus aimable, et à qui il doit le bonheur. Si son histoire ne renferme pas des évènemens bien extraordinaires; si pour remporter le prix, il n'a pas fait de grands efforts, il croit néanmoins avoir rempli les conditions prescrites par le testament pour l'action la plus utile à soi-même. Il n'y a pas de doute que c'est bien travailler pour soi-même, pour sa constante félicité, que d'amasser de la fortune et de faire un bon mariage. »

Qu'en dites-vous, mes amis, continua M. Ménival, après avoir lu ces tablettes ? — Il est certain, répondit Henri, que c'est songer à son bonheur, et faire une chose très-bonne pour soi ; mais il n'y a pas un grand mérite à cela. Voyons ce qu'a fait le dernier des jeunes-gens ; c'est Abel, je crois, qu'on le nomme ? — Oui, c'est Abel ; prêtons donc maintenant toute notre attention à ce que va vous apprendre cet Abel.

SIXIÈMES TABLETTES.

« Abel est un jeune homme de vingt-un ans, doué de la plus heureuse figure et du physique le plus intéressant ; mais, il faut l'avouer franchement, jusqu'à-présent, il n'avait que cela. Le plus jeune des fils de M. Boullault et le plus aimable par ses qualités extérieures, il avait été gâté par son père, au point que, bien loin d'acquérir des talens ou des vertus, il avait laissé se développer en lui tous les germes des défauts les plus bas, dont les principaux étaient le vin, le jeu et l'amour ! Oui, à vingt-un ans, Abel ne trouvait pas d'autre plaisir que celui de boire, même des liqueurs fortes, de jouer avec des escrocs (car il n'était pas très-délicat sur le choix de ses amis) et enfin de céder aux piéges de la première coquette. C'était-là ses plaisirs, ses seules occupations ; et M. Boullault, qui, comme l'on sait, ne se mêlait plus depuis quelques années de l'éducation de ses fils, négligeant celui-ci comme les autres, le laissait aller, venir, contenter toutes ses fantaisies, et lui donnait même de l'argent pour les satisfaire, tant son faible était grand pour le fils de sa vieillesse !... A présent, M. Ménival, après cet aveu sincère et peu favorable à notre prétendant, vous allez demander comment Abel ose aspirer au prix proposé par son père ?... Veuillez suivre ce récit, et peut-être, à la fin, trouverez-vous notre jeune homme plus digne de ce prix que bien d'autres.

Abel, au milieu de ses égaremens, de ses vices, possédait un excellent cœur.

La mort de l'auteur de ses jours, qu'il avait bien lieu de chérir, fit sur ce cœur précieux plus d'impression que sur ceux de ses frères. Abel, après avoir longtems versé des larmes, après avoir redemandé son père à toute la nature, fit sur lui-même un retour, auquel le conduisit l'excès de sa douleur. Il sentit que, plus indigne que ses frères, d'un prix proposé pour une action de vertu quelconque, s'il ne faisait pas tous ses efforts pour le mériter, il outragerait, dans sa tombe, les mânes de celui qu'il avait tant aimé. En conséquence, un soir que la lune éclairait seulement les objets, il se rendit, tout en larmes, au cimetière où l'on avait déposé les restes de son père, il se précipita sur son tombeau; et, parlant à ce froid monument comme s'il pouvait l'entendre et lui répondre, il s'écria : Toi de qui je reçus le jour et à qui le sort funeste vient de le ravir pour jamais, écoute le serment sacré que je fais, à la face du ciel! Oui, je jure de dompter mes passions, et de saisir le premier acte de vertu que le destin me permettra de faire. L'effort sera difficile; mais il est digne de ton fils, et je ne prendrai aucun repos qu'il ne soit consommé, ce sacrifice que je promets à tes cendres.

Abel se retira; puis prenant sa somme de vingt mille francs, il ne voulut pas choisir un séjour isolé qui ne lui présentât aucune occasion d'être tenté : c'est au centre de la corruption qu'il voulut essayer de revenir à la vertu; c'est au milieu des piéges de toute espèce qu'il se proposa de maîtriser ses penchans naturels, et il partit pour Paris.

Là, il choisit un logement modeste, et eut le courage d'aller voir de jeunes libertins pour lesquels ses camarades de débauche de Dijon lui avaient donné des lettres de recommandation. Vous jugez qu'il fut reçu par eux à bras ouverts. Abel ne voulut pas d'abord se détacher entièrement de ses habitudes, persuadé qu'une conversion trop prompte et forcée n'est jamais durable; mais il se promit de briser la glace dans laquelle il avait vu tout en beau, et de ne chercher que le mauvais côté de tout ce qu'il ferait ou verrait faire. Ainsi, en examinant tout avec l'œil stoïque du philosophe le plus austère, il espérait se convaincre bientôt de la bassesse des vices auxquels il avait été livré, et de leur maligne influence sur les mœurs, la santé, le repos et le bonheur de l'homme. Ce fut ainsi qu'il alla jouer à l'académie avec ses nouveaux amis.

Risquant peu d'argent d'abord, il se disait en perdant : Qu'est-ce que j'éprouve ? Une espèce de fièvre intérieure ! Mon sang brûle ; c'est avec peine que ma main va chercher ma bourse pour en tirer de nouvelles pièces d'or, qui vont se perdre dans ce gouffre immense ! Ma langue est desséchée, ma tête lourde, mon cerveau enflammé..... Quel état ! et que celui d'un homme tranquille lui est bien préférable !

S'il gagnait, Abel faisait ces réflexions : Eh bien, ce faible gain est-il un dédommagement de tout ce que j'ai perdu ? Et quand cela serait, quand mon bénéfice serait plus considérable, cet argent est-il légitimement gagné ? pourrais-je me vanter d'une fortune aussi mal acquise, tandis que l'artisan, l'artiste lui-même peuvent montrer leur or, et dire, voilà le fruit mérité, noblement amassé, de mes travaux ou de mes talens ?

S'il se laissait aller au plaisir de jouer, s'il oubliait sa philosophie, il regardait le portrait de son père, qu'il avait fait mettre à dessein sur une boîte ; alors, se levant soudain, il se disait intérieurement : Mon père ! le serment que je t'ai fait, ne sera point trahi ! . . . et il sortait.

Ses amis le trouvèrent d'abord bizarre : peu-à-peu, voyant qu'il ne partageait plus leurs goûts, ils s'éloignèrent insensiblement de lui, et il n'en fit point d'autres de cette espèce. Au contraire, il se lia d'intimité avec un jeune homme estimable qui étudiait la chirurgie, la botanique, et il alla se promener, causer, réfléchir ou herboriser, avec cet intéressant ami qui ne pouvait que le guider dans le bon chemin.

C'est toujours en pensant avec la même philosophie, qu'il ne s'abandonna plus aux excès de l'ivresse. Pour s'en guérir, il se comparait à la classe la plus vile de la populace ; et quand il rencontrait un ivrogne bien sale, bien dégoûtant, il se plaisait à le suivre, à l'étudier, en se disant : voilà pourtant ce que je deviendrais, si je suivais cet affreux exemple !

Mangeant avec son ami le chirurgien, qui, par habitude, ne buvait que de l'eau, il se retenait, et il parvint à extirper tout-à-fait ce défaut de son cœur.

Quand à l'amour, il était de son âge, et franchement sa figure l'exposait sans cesse à des piéges de ce côté. Il lui fallut encore bien des raisonnemens philosophiques pour surmonter cette passion, dont l'abus est un des plus grands vices de la jeunesse ; et, pour chasser l'essaim des coquettes qui l'agaçaient, il s'avisa de ne leur plus parler que morale, sciences ou arts : bientôt elles le traitèrent de pédant, et l'abandonnèrent. Alors, il s'occupa sérieusement à s'instruire et à travailler. Son ami lui apprit ce qu'il savait dans diverses parties, et notre Abel prit avec lui la profession de chirurgien, qui, comme l'on sait, ne laisse pas un moment à perdre quand on veut y faire son chemin.

Bientôt cet aimable jeune homme put entrer dans une académie de jeu sans éprouver la moindre tentation ; et son système de philosophie lui donnant même plus de force qu'autrefois, il ne regardait plus les joueurs qu'avec pitié, comme des fous ou des malades qu'il fallait renfermer ou guérir.

Il se trouvait dans les plus grands repas, sans être tenté de se livrer à aucun excès. L'exemple de la sobriété que lui donnait la bonne société où son ami l'avait introduit, contribuait aussi à cet heureux changement.

Il vit de même les plus belles femmes, sans éprouver pour elles aucun symptôme d'amour : l'étude et le travail savaient trop bien remplir tous ses momens.

Abel, en un mot, est devenu maintenant tel qu'il avait promis, sur le tombeau de son père, de se rendre un jour. C'est le jeune homme le plus aimable, le plus parfait !...... Il occupe une place importante de chirurgien en second, dans un des premiers hopitaux de la capitale, et son chef est sur le point de lui donner sa place et son estimable fille : il est digne, bien digne d'occuper ce poste brillant, et de devenir l'époux le plus tendre et le père le plus respectable.

C'est son futur beau-père, à qui il a fait l'aveu de ses fautes, qui a tracé pour lui ce cahier, où l'on ne trouvera pas de grands événemens : le sort n'a point offert à mon protégé l'occasion de faire une action d'éclat ; mais, si M. Ménival pense comme moi, il conviendra que c'en est une bien louable, bien édifiante pour la société, que de rompre son caractère et de retourner au bien, quand on s'est trouvé engagé dans les sentiers du vice. Il est plus difficile de revenir à la vertu, que de passer, de la vertu, au plus haut degré de la corruption ! »

Nos jeunes gens, après la lecture de M. Ménival, n'eurent qu'une seule pensée. Oui, continua Théodore, oui, celui qui revient ainsi du mal au bien, est préférable à l'homme très-ordinaire, qui a cru faire la plus belle chose du monde en épousant une femme riche, en établissant sa fortune pour sa vie !

Je suis de cet avis, interrompit Cyprien.

Et nous aussi, dirent Elisa et Clara.

M. d'Arleville prit la parole : Je suis charmé, mes enfans, de vous voir tous de la même opinion que votre aïeul et moi. Oui, c'est Abel qui a mérité le dernier legs de son père. Si mon ami

Ménival partage là-dessus notre façon de voir, cette affaire-là sera bientôt terminée.

M. Ménival recueillit les voix qui étaient toutes pour Abel. Il fut donc décidé que cet aimable jeune homme aurait le prix; et ce jugement fut motivé sur ce que l'homme qui, à son âge, a su dompter à ce point ses passions, a fait l'action qu'on peut bien appeler *la plus utile à soi-même !*

XLIVe. JOURNÉE.

PERSONNAGES,

M. D'ARLEVILLE,

Henri, Théodore, Cyprien, Alexandre, Evariste.

MONSIEUR Ménival partit pour retourner à sa terre de Francheville, près de Dijon, et les enfans, qui lui avaient fait leurs adieux, en regrettant beaucoup qu'il ne prolongeât pas d'avantage son séjour chez leur père, éprouvèrent soudain un vide, comme s'il leur manquait quelqu'un qui leur serait absolument nécessaire. M. d'Arleville voulut les distraire de cet ennui, et voici comment il s'y prit. Mes enfans, leur dit-il de bon matin, je vais être absent pour toute la journée. Le propriétaire qui avoisine ma grande ferme, là-bas, au

Luat, me propose de me céder quelques morceaux de terre qui, avec les miennes, ajouteraient une charrue aux deux que j'ai déjà. Je pars pour aller faire cette acquisition qui me convient sous tous les rapports, et je ne rentrerai que ce soir. — Quoi, mon père, dit Cyprien, vous irez tout seul? — Tout seul; car je ne présume pas que quelqu'un de vous veuille m'y accompagner. Il y a long-tems que je n'ai marché; je veux faire ce petit voyage à pied, et il y a une lieue et demie au moins d'ici au Luat. Autant pour revenir, cela fait trois lieues. C'est un chemin pour de petites jambes telles que les vôtres. Au surplus si l'un de vous se sent la force de le faire, je l'emmenerai volontiers avec moi. — Mon père, répondit Henri, vous ne doutez pas qu'à mon âge je ne puisse marcher aussi bien que vous. — Veux-tu venir, mon ami? — Mon père, passer une journée près de l'auteur de mes jours serait un grand bonheur pour moi. — Eh bien, allons, partons.

Et moi, interrompt Théodore, suis-je plus faible, suis-je moins empressé que mon frère de jouir de votre société? — Et moi, replique Cyprien?

Et moi, et moi, et moi? on n'entend plus que ce cri parmi les jeunes gens. M. d'Arleville, charmé du desir unanime que manifeste sa jeune famille, choisit pour l'accompagner, seulement Henri, Théodore, Cyprien, Alexandre, leur cousin Evariste, et tout cela part, avec le ferme projet de faire le trajet à pied, tant pour aller que pour revenir.

Il faisait un tems superbe, mais en même tems une chaleur excessive qui promettait de devenir plus forte encore à l'heure de midi. Le soleil commençait à peine sa carrière, et notre petite caravane marchait avec courage dans le dessein de ne déjeûner qu'arrivés au Luai même. Mais, en route, des enfans avec leur père ont toujours mille questions à lui faire; c'est sur les divers oiseaux qui voltigent dans la plaine; c'est sur les arbres, les végétaux qu'on remarque, sur la botanique, sur les noms des propriétaires des belles maisons de campagne qu'on rencontre, et tout cela retarde la marche et prolonge un petit voyage tel que celui-ci. Avec cela M. d'Arleville avait dit qu'il ne comptait qu'une lieue et demie de la Chartreuse au Luat; mais on pouvait prendre hardiment cette lieue et demie pour deux bonnes lieues, et l'on allait à petits pas, et l'on s'arrêtait, et l'on causait ou l'on jouait.

Tout-à-coup le ciel se couvre de nuages, et menace d'un orage affreux. Quelques larges gouttes d'eau même avertissent nos amis de chercher un asyle quelque part. Il ne s'en présente qu'un seul; c'est un ancien couvent de capucins isolé sur la route à droite, et qui est aux trois quarts ruiné par le tems. Ce couvent, autrefois habité par une douzaine de religieux, n'en compte que deux aujourd'hui, et n'est plus qu'un simple hermitage dont les pauvres cénobites vont demander une fois par semaine l'aumône dans les villages voisins. Ils disent néanmoins des prières, et exercent leur culte dans une chapelle latérale de l'antique église, la seule qui ait échappé à la destruction. Une cloche, qui frappe l'oreille de nos voyageurs, annonce que l'un des deux hermites va dire sa messe; et M. d'Arleville, qui craint de ne pouvoir arriver au Luat avant l'orage, propose à sa jeune caravane d'entrer dans cet hermitage et d'y entendre la messe, ce qui laissera à la pluie, qui ne peut pas être de longue durée, le tems de tomber.

Ils entrent, et apperçoivent en effet l'un des deux anachorètes qui est à l'autel, tandis que l'autre le sert en bas des marches. Le premier est très-âgé, sa figure est vénérable, et une longue barbe blanche descend jusque sur sa poitrine. Le second est de beaucoup moins vieux; ses traits paraissent moins doux; mais il inspire de même le respect et l'amour de la religion. Trois ou quatre fidèles, des voyageurs apparemment, qui, comme les nôtres, avaient cherché un abri, garnissaient cette petite chapelle, et tous prêtaient la plus grande attention à l'auguste sacrifice qu'on y consommait.

Quand la messe fut finie, l'orage devenant plus violent que jamais, il fut impossible à nos amis de sortir, ce qui contraria beaucoup les jeunes gens qui soupiraient après l'instant de déjeûner. M. d'Arleville devinait le motif de leur impatience, et leur faisait un beau discours sur la nécessité de réprimer les desirs les plus naturels et de céder aux circonstances, lorsque l'hermite le plus âgé sortit de la sacristie et vint droit à notre père de famille. Monsieur, lui dit ce bon vieillard en s'inclinant, monsieur est M. d'Arleville, je crois, le propriétaire de la Chartreuse de Roseville? — C'est moi-même, mon père; ai-je l'honneur d'être connu de vous? — De vue, Monsieur, d'abord, et ensuite par votre bienfaisance envers les pauvres, et par les soins que vous donnez à votre intéressante famille. Vous êtes généralement estimé, Monsieur, de tous ceux qui ont entendu parler de votre plan d'éducation ; et moi en particulier, je dois vous témoigner ma reconnaissance pour les dons que, de tems en tems, vous voulez bien faire au vénérable religieux qui va chez vous, comme ailleurs, faire la quête pour notre petit hermitage. — Ah, ah, je disais aussi... votre confrère est venu quelquefois à Roseville? — Vous importuner, Monsieur; et jamais il ne vous a quitté sans emporter quelques dons de votre générosité; mais vous êtes mal ici pour attendre la fin de l'orage; veuillez me suivre jusque dans ma cellule, et me permettre d'offrir à ces bons jeunes gens quelques fruits, du laitage, une légère collation en un mot.

A cette honnête proposition, les yeux de nos petits gourmands se tournent vers leur père, le sourire est sur leur bouche, et ils attendent avec impatience de la sienne, un consentement à cette offre agréable. M. d'Arleville refusa d'abord; mais le cénobite insista avec tant de grâce que notre père de famille accepta, au grand contentement de ses enfans.

La cellule où on les conduisit était assez propre, ornée d'images de piété; mais ce qui étonna beaucoup M. d'Arleville et causa même quelque effroi aux enfans, ce fut de voir suspendus autour des murs blancs de cette retraite, des sabres, des poignards, des fusils, des pistolets et autres armes : il est vrai que ces armes étaient rouillées pour la plupart; mais était-ce là leur place, et devait-on les trouver à côté des crucifix, des reliquaires, etc.? Si les religieux les avaient là pour leur défense, il ne s'en servaient pas souvent; car elles étaient fort mal entretenues, et encore on n'en a pas en si grande quantité, et l'on éloigne cela d'un asyle consacré à la retraite, à la méditation.

Le cénobite, voyant les regards de ses hôtes se promener sur ces objets effrayans, et devinant les réflexions qu'ils leur suggéraient, leur dit en souriant : Vous êtes surpris, je le vois, de cette bizarre décoration? Vous ne concevez pas comment, chez un ministre de paix, il se rencontre des armes, et pourquoi ce ministre les étale aux yeux de ceux qui lui font l'honneur de le visiter? Si vous en saviez le motif?.... (*Il soupire.*) si vous saviez quel usage on a fait de ces armes fatales !..... Mon Dieu! reçois, comme une nouvelle expiation de tant de crimes, le récit sincère que j'en vais faire à ce respectable étranger et à sa jeune famille, à qui il peut offrir une grande leçon. Oui, Messieurs, oui, je vais vous raconter l'histoire de ma vie. Vous y verrez que j'ai été en butte à des malheurs que je ne pouvais prévoir ni prévenir; mais déjeûnons d'abord.

Le père Damase, c'était le nom du cénobite, appela le frère Severin, son compagnon : on servit du laitage; et pendant cette frugale collation, on parla de l'éducation que M. d'Arlèville donnait à ses enfans; on en fit l'éloge. La morale la plus douce, en un mot, fut le sujet de la conversation générale. Bientôt le frère Severin se retira, et le vieux père Damase, resté seul avec nos voyageurs, prit la parole en ces termes :

LE MOINE ET LE VOLEUR.

Vous avez lu sans doute des histoires d'hermites, de cénobites ? On a fait sur nous mille fictions plus ridicules les unes que les autres, et cela pour frapper l'imagination dans des livres de pure invention, pour jeter même sur la religion et ses ministres un vernis de mépris, en nous montrant, non-seulement moins exempts de passions que les autres hommes, mais même plus dominés encore par ces tyrans de l'humanité. L'histoire que je vais vous raconter, et qui a le mérite de n'être que trop véritable, doit faire au contraire à vos yeux l'éloge de cette religion sainte ; vous y verrez plus d'un miracle de la grâce, et si les héros de cette fatale aventure ont été malheureux, au moins ils n'ont point à se reprocher d'avoir quitté le sentier de la vertu, d'avoir jamais manqué à leurs devoirs, excepté dans une occasion où la force de l'amour a fait tomber l'un d'eux dans une faute grave, et c'est par cette faute que je vais commencer mon récit.

» Mon véritable nom est Durand, je suis le fils d'un négociant fort aisé, qui faisait beaucoup d'affaires en gros, et par conséquent avait des correspondances très-étendues dans les îles; mais, comme cela arrive communément dans le commerce, mon père avait éprouvé des banqueroutes, des pertes considérables, et il me disait souvent : Si nous pouvions, mon fils, recouvrer seulement ce qui nous est dû à la Martinique, à la Guadeloupe, dans les îles en un mot, nous pourrions fermer notre magasin, et nous faire, pour la vie, une existence des plus honorables; mais il faudrait aller là-bas, voyager, et à mon âge, cela est impossible.

» Je lui offris de faire ce long voyage : mon père m'aimait trop pour consentir que je le quittasse une minute, et il faisait le sacrifice de ces importans recouvremens. Je le perdis, ce bon père ; je comptais alors vingt-deux ans, et j'avais assez de raison, de zèle et d'activité pour suivre son commerce. Je me mis donc à la tête de sa maison, et je la gérai pour mon compte ; car j'étais son unique héritier.

Deux ans s'écoulèrent, et, tout entier à mes affaires, je ne pensais ni à la dissipation, ni à l'amour, encore moins à l'hymen; mais un événement singulier vint me prouver que j'avais un cœur sensible et que j'étais digne, comme tout autre, de posséder une femme charmante.

Je revenais un soir de visiter plusieurs de mes ouvriers, de leur commander des ouvrages pressés et je me trouvais un peu attardé. J'avais plusieurs rues désertes à traverser ; car vous savez qu'à Paris, les ouvriers ne choisissent pas le centre de la ville où les logemens sont fort chers, mais bien les faubourgs qui leur offrent des asyles plus vastes et à meilleur marché. Au faubourg Saint-

Marceau, dans une petite rue qu'on appelle la rue de la Clef, je m'apperçus que deux femmes, assez bien mises, dont l'une était âgée et l'autre me paraissait jeune et jolie, marchaient à grands pas de mon côté et semblaient non-seulement me suivre, mais même chercher à me joindre. Ignorant le projet de ces femmes, qui d'ailleurs avaient un extérieur très-décent, je me décidai à m'arrêter pour savoir si c'était à moi qu'elles en voulaient. Je ne tardai pas à les voir s'approcher, et la plus vieille me dit avec l'accent de la terreur : Monsieur, monsieur ! vous paraissez un homme honnête, en grâce ne nous refusez pas de nous donner votre bras et de nous reconduire jusque chez nous : nous demeurons à deux pas, rue Copeau, là-bas, et nous sommes poursuivies. — Poursuivies, Mesdames ? — Oui, cette jeune personne et moi, nous mourons de frayeur. Daignez me soutenir, car je vais tomber-là, j'en suis sûre ! — Et qui ose vous poursuivre ? des voleurs ou des misérables d'un autre genre sans doute?—Monsieur, monsieur! ne m'interrogez pas..... Je suis bien malheureuse!.....— Mais, mesdames, si tard aussi.... deux femmes..... dans ce quartier isolé!... — Monsieur, nous venons de voir ma mère, qui, comme vous le pensez bien, est plus qu'octogénaire, et qui est bien malade, presque à toute extrémité. Ciel!.... le voici!.... — Qui donc? — Ce monstre!.... »

Je vois en effet s'avancer un homme fort mal couvert, et soudain je me range devant les deux dames pour les garantir de toute attaque. « Il faut qu'Adélaïde me suive, s'écrie l'inconnu d'un air furieux! — Et pourquoi, répond la vieille en tremblant? — Pourquoi? ne suis-je pas son père! — Toi, malheureux! dis donc son bourreau, celui de sa vertu! Oh, monsieur, (*elle s'adresse à moi*) daignez nous reconduire, et nous débarrasser de ce misérable? »

J'étais fort embarrassé; car je voyais qu'il était question ici d'une affaire de famille, de laquelle je ne devais pas me mêler. L'inconnu cependant me paraissait, par son ton et sa mise, si éloigné d'avoir le moindre rapport avec les deux dames, que je le pris pour un imposteur, et je lui dis : « Allons, mon ami, retirez-vous. Si vous avez en effet quelques droits sur cette jeune personne, sur cette dame, c'est chez elle, ou en justice qu'il faut les faire valoir; non, dans la rue, à cette heure, à cette place, où vous avez l'air de toute autre chose que d'un père et d'un mari. »

L'inconnu m'adresse quelques grosses sotises dignes de son état et de son éducation. Je prends de l'humeur, je lève ma canne sur lui, et il se sauve comme un lâche, en proférant des injures et des menaces contre ces deux dames. Elles me remercient avec toute l'effusion de la reconnaissance, et, tout en marchant avec moi, la plus âgée m'apprend qu'en effet elle est l'épouse de ce vaurien, mais épouse séparée, par les lois, de corps et de bien; que cet homme immoral s'est jeté dans la débauche la plus crapuleuse, et qu'il a eu déjà la scélératesse de tenter plusieurs fois d'enlever sa fille Adélaïde, pour tirer de son honneur le lucre le plus honteux. Je frémis !....

Nous arrivons à la demeure des dames; je demande la faveur de venir m'informer de leur santé, de leur faire ma cour; elles me l'accordent, et je me retire lorsque je suis bien sûr qu'elles sont en sûreté.

J'avais vu, à la clarté des réverbères, les traits charmans d'Adélaïde; Adélaïde avait parlé, et sa douce voix avait pénétré mon cœur. Il était déjà bien troublé, ce cœur sensible !... Sans savoir à fond le secret de cette famille, je donnais raison aux femmes et tous les torts au misérable que j'avais su écarter. Je passai une nuit très-agitée, et le lendemain matin je volai à la rue Copeau. Madame Sommers (son vil époux était anglais d'origine) y occupait un joli petit corps-de-logis entre cour et jardin, écarté de toute autre habitation. L'élégance ne brillait point dans ce modeste asyle ; mais la propreté, le bon ton, et même une certaine aisance s'y faisaient remarquer par-tout. Madame Sommers me reçut très-bien, m'offrit à déjeûner ; et, comme elle allait voir sa mère, elle me permit de lui donner le bras, pour faire cette petite course, ainsi qu'à sa fille... Sa fille ! qu'elle était belle, son Adélaïde ! et quel air de candeur et d'innocence répandu sur sa charmante figure !... Je crus voir que j'avais fait de mon côté quelque impression sur elle. Son embarras à me parler, sa rougeur, ses yeux souvent fixés sur moi, baissés soudain aussitôt que je m'en appercevais, tout me donna l'espoir flatteur d'être bientôt, déjà peut-être, payé de retour.

Je les conduisis jusqu'à la porte de la malade, et je revins chez moi. Le lendemain, même visite à la rue Copeau, et même route avec ces dames jusqu'à la maison de leur mère. Dans cette visite, madame Sommers me raconta l'histoire fort courte de son mariage avec le méchant qui la tourmentait, me dit qu'elle l'avait épousé malgré sa mère à elle, qu'elle en avait été sévèrement punie par la mauvaise conduite de son mari, qu'enfin les lois avaient rompu ces nœuds mal assortis, et elle m'en donna les preuves. Son contrat de mariage, l'acte de séparation, tout fut mis sous mes yeux. Je n'eus plus aucun doute sur la légitimité de la naissance d'Adélaïde, ni sur les mauvais procédés du misérable qui cherchait à l'attirer dans ses piéges, pour faire de ses charmes le trafic le plus condamnable. Un père ! ah Dieu!..... Je me repentis de n'avoir pas brisé ma canne sur les épaules de ce vaurien qui, par ses vices, était tombé dans la classe des mendians, tandis que sa femme, qui s'était séparée assez à tems de lui pour sauver une partie de sa fortune, vivait, dans la médiocrité sans doute, mais d'une manière très-décente.... Elle n'était pas riche ; eh bien, cette circonstance ne m'arrêtait pas ; car j'adorais Adélaïde, et je me proposais de la demander pour épouse à la respectable madame Sommers.

Ce ne fut qu'au bout d'un mois que je pris cette témérité : soit que la mère se fût apperçue de l'excès de ma tendresse, soit que la fille qui la partageait cette tendresse, eût fait l'aveu de son amour, eût préparé enfin madame Sommers à entendre ma proposition, ma demande fut bien reçue, acceptée (je m'étais fait connaître), et l'aimable Adélaïde ne se gêna plus pour me prouver qu'elle m'aimait autant que je l'adorais. Une seule contrariété reculait un hymen que j'aurais voulu contracter sur-le-champ. Madame Sommers voulait avoir l'aveu de sa mère pour former cette union. Cette vieille mère, qui était infirme et toujours souffrante, joignait à cet état de décrépitude un caractère sombre, méfiant, j'oserai même dire hargneux et méchant. Je l'avais vue deux fois, et elle m'avait reçu fort mal, m'examinant continuellement de la tête aux pieds, et me regardant comme un homme qu'on n'aime ni n'estime pas. Je pardonnais à son grand âge cette prévention qui la dominait contre moi ; mais ce fut bien pis quand madame Sommers lui eut dit qu'elle me destinait sa petite fille. La vieille entra presque en fureur : Ne faites pas ce mariage là, ma fille, s'écria-telle ! — Et pourquoi, ma mère ! — Il sera malheureux, c'est moi qui vous le prédis. — Sur quel fondement ? — Je ne sais ; mais j'ai un pressentiment.... Et vous savez trop bien que mes pressentimens ne m'ont jamais trompée ! — Mais Durand est honnête homme. — Je le crois. — D'une moralité à toute épreuve. — Il en a l'air. — Il est doux, timide même. Il a une délicatesse, un cœur excellent. — C'est ainsi que je l'ai jugé. — Avec cela sa fortune est plus qu'honnête ; et dans ma position, pouvais-je espérer de marier aussi bien mon Adélaïde ? — Je conviens de tout cela. — C'est donner à cette enfant un protecteur puissant contre les persécutions de son père qui, vous le sentez bien, n'osera plus approcher.

— Tout cela est vrai. — Comment! tout cela est vrai, ma mère? mais si vous pensez absolument comme moi, quelle raison avez-vous pour vous opposer à ce mariage? — Un pressentiment, vous dis-je!... Un pressentiment que je ne puis vaincre : j'étais de même quand vous avez voulu épouser, malgré moi, votre affreux Sommers. — Quelle différence, ma mère, entre ces deux hommes! — Il y en a sans doute; mais votre fille sera malheureuse, c'est moi qui vous le prédis.

Et ainsi, sans dire ni pourquoi ni comment, la vieille entrevoyait qu'Adélaïde deviendrait en m'épousant la plus malheureuse des femmes. Madame Sommers, sans céder tout-à-fait à des terreurs paniques, desirait néanmoins ne pas trop contrarier sa mère dans cette occasion, comme elle l'avait fait à une époque plus reculée; et, pendant ces momens d'hésitation, madame Duperly (c'était le nom de la vieille) tomba si dangereusement malade, que nous prévîmes qu'elle approchait de sa fin. Malgré le chagrin qu'elle m'avait fait en reculant mon hymen, je secondai sa famille dans les soins qu'elle lui prodigua. Je passais les nuits auprès d'elle avec madame Sommers et mon Adélaïde. Ce fut dans une de ces nuits terribles que madame Duperly nous glaça l'âme à tous les trois par le transport le plus effrayant. Elle nous voyait mariés, Adélaïde et moi, dans une caverne de voleurs, liés, garottés, prêts à perdre la vie. Ma femme invoquait le ciel. Tout-à-coup la terre s'entrouvrait; il en sortait un monstre affreux qui m'appelait son père. Adélaïde était sa mère!... Ce monstre vomissait, par une gueule enflammée, des serpents, des couléuvres qu'il jetait sur les prétendus auteurs de ses jours; et, toute la nuit, madame Duperly eut cet affreux tableau devant les yeux!... Nous étions dans un état difficile à décrire... Enfin, sur le matin, la bonne dame expira, et nous attribuâmes à quelques heures d'une agonie douloureuse, cet effrayant délire de son imagination.

Les justes regrets qu'occasionnait cette perte, le tems du deuil, tout recula encore notre hymen ; mais il fut décidé, et je profitai de ce tems pour me préparer un projet que je mûrissais depuis long-tems. J'avais le dessein d'aller en Amérique pour y faire les nombreux recouvremens dont mon père m'avait tant parlé autrefois. Ma correspondance avec ces contrées m'apprenait que mes débiteurs étaient tous prêts à me restituer les sommes considérables qu'ils avaient d'arriérées, pourvu que je me transportasse sur les lieux et que je les pressasse un peu. C'était une fortune immense que j'allais recueillir; elle valait bien la peine que j'allasse la chercher. Ces plans furent agréés de madame Sommers et de sa fille. Il fut convenu que quelques mois après mon hymen, nous partirions, ma femme et moi, et que madame Sommers, qui n'avait pas lieu d'aimer Paris où elle avait perdu sa mère, où elle redoutait sans cesse les visites de son mari, nous accompagnerait dans ce long voyage qu'elle était très-en état de supporter. En conséquence je vendis mon magasin, mes marchandises; je plaçai mes fonds dans une maison de banque très-sûre, et je devins l'heureux époux de mon Adélaïde. Femme charmante! combien tu justifias tout l'espoir que j'avais conçu de ta douceur, de tes vertus! hélas! tu le sais! je fus plus ton amant que ton époux, et si le sort nous sépara pour jamais.... Mais n'anticipons pas sur les évènemens.

Trois mois après notre union, mon épouse m'avertit que le terme de l'année me rendrait père. Cette nouvelle nous fit à tous le plus grand plaisir, et ne nous arrêta pas dans nos projets de voyage. Nous nous embarquâmes; notre traversée fut heureuse: arrivés aux îles, je fis mes recouvremens, non sans peine, mais enfin je perdis très-peu de chose, et je me vis bientôt le plus riche particulier des colonies. Je spéculai sur le commerce; je fis des entreprises, et quatre années se passèrent sans que je songeasse à revenir en France. J'étais père d'un fils charmant qui avait tous les traits de sa mère, de sa mère que j'adorais ! c'est dire assez combien cet enfant m'était précieux. Les prédictions de madame Duperly ne se vérifiaient pas. Nous étions parfaitement heureux ; et ma femme, sa mère et moi, nous n'avions qu'un cœur, qu'une âme, qu'un seul esprit !.. Tems de félicité ! combien vous passâtes rapidement !...

Madame Sommers fit bientôt des vœux pour retourner en France ; ma femme me témoigna le même desir ; moi-même je commençais à regretter mon pays natal. Il fut donc décidé que nous quitterions les îles pour revenir nous fixer dans notre patrie ; mais, comme ayant réalisé tout ce que je possédais, j'avais une pacotille considérable à emporter, ma famille exigea que je partisse le premier, afin de faire valoir mes marchandises et de préparer tout, sans donner à des femmes l'embarras d'un pareil déplacement. J'avais avec cela quelques recouvremens encore à faire là-bas, des habitations à vendre, diverses affaires à terminer. Ma femme et sa mère se chargèrent de ce reste de soins. Il fut convenu qu'elles ne s'embarqueraient que quatre mois après moi, et que je les devancerais afin de nous réunir ensuite pour ne jamais nous quitter. Je cédai malgré moi à cet arrangement; car un funeste pressentiment me faisait prévoir qu'il serait suivi de maux affreux, et je m'embarquai non sans avoir versé bien des larmes en me séparant de mon Adélaïde et de son fils, mon cher Eugène. Des amis communs, présens à ces tendres adieux, raffermirent notre courage, et je m'éloignai de tout ce qui m'était cher! Fatal moment! vous deviez me coûter bien d'autres larmes, hélas! et d'éternels regrets!....... Ma traversée fut des plus malheureuses. J'y perdis tout ce que j'emportais. Une tempête affreuse nous força de jeter tous nos ballots à la mer, même mes marchandises, et il ne me resta plus que mon portefeuille. Il était néanmoins assez garni pour que je n'eusse jamais à craindre l'indigence; et d'ailleurs ma femme devait me rapporter d'autres richesses assez considérables pour alléger la perte des premières. Nous avions tous le goût de la campagne, et nous voulions nous y retirer. J'achetai un château très-beau et des terres considérables, près de Charlemont, dans le Navarrois, où j'avais d'anciens amis, et là j'attendis, avec la plus vive impatience, le retour de ma famille. Ma femme m'écrivit bientôt que tout était arrangé, qu'elle s'embarquait à son tour avec sa mère et son fils..... mais je ne vis revenir personne!... Dix mois s'écoulèrent, dix siècles!... sans que j'entendisse parler de mes chères voyageuses. Enfin, j'allai aux informations..... et quelle fut ma douleur d'apprendre que tout ce que j'adorais avait été naufragé!... Le vaisseau avait péri au milieu de la plus effroyable tempête : la foudre était tombée sur la

Sainte-Barbe, le bâtiment était sauté en l'air, et il ne s'en était sauvé qu'un seul matelot de qui l'on tenait tous ces tristes détails.... J'avais perdu mon Adélaïde, sa mère, mon fils !... je ne pouvais plus en douter... Quel malheur pour moi qui les chérissais !... Le désespoir s'empare de mes sens, aliéne ma raison ; je reste plus de six mois entre la vie et la mort, la mort que j'appelle à grands cris, et qui me fuit !... Enfin, rétabli de la plus affreuse maladie, je forme le projet de me consacrer à la retraite, à la méditation, au fond de quelque maison religieuse ; je vends le peu que je possède ; j'en fais une somme assez forte, et je cours devant moi sans savoir ce que je vais devenir, où je veux arrêter mes pas... Le hasard me fait entrer dans un couvent de capucins. On y célébrait l'office divin. Je me prosterne, je pleure, je prie.... Et le lieu, le prestige des cérémonies, le recueillement, tout décide mon dévouement, tout me porte à me confiner, pour la vie, dans cette maison. Je vole chez le supérieur, je lui raconte mes malheurs, et je lui promets mon or, s'il veut m'admettre au nombre de ses respectables religieux. Le père Gardien me plaint, m'accueille, consent à ce que je demande, prend ma bourse et me reçoit... J'ai passé vingt ans, Messieurs, dans cet asyle de piété, je ne dirai pas heureux, car le souvenir de la perte que j'avais faite me poursuivait sans cesse, mais tranquille au moins et livré entièrement aux pratiques de mon état. Je m'étais occupé de l'éloquence de la chaire, et, sous le nom du père Damase, j'étais devenu un prédicateur assez habile.

Un jour.... comment pourrai-je vous rapporter ce cruel évènement! un jour... c'était la fête du couvent. L'église était pleine de fidèles, et je prêchais un sermon très-important que j'avais fait et médité depuis trois mois. J'étais donc dans la chaire de vérité, et je terminais une période très-vive, très-animée, lorsque soudain une femme d'un certain âge, qui s'était placée devant moi, s'écrie : C'est lui !... c'est Durand.... et elle tombe dans un profond évanouissement. Cet accident cause un trouble violent dans l'église ; moi-même ému, car le son de cette voix m'a frappé, je m'interromps, je descends de la chaire et je cours à la sacristie, où l'on venait de transporter cette infortunée.... Elle a repris ses sens, et n'a que ce seul cri à proférer : Le prédicateur? le prédicateur ?... — Me voilà, lui dis-je, en cherchant à démêler sur sa figure des traits qui ne sont toujours que trop présens à ma pensée...... L'infortunée fait signe qu'on éloigne tout le monde. Son ordre est suivi ; et, lorsque je suis avec le père Gardien, elle me dit : Durand, Durand !.... peux-tu m'avoir oubliée, peux-tu méconnaître ton Adélaïde !...

Adelaïde !....

J'ai le bonheur de ne point perdre connaissance ; mais je tombe dans les bras de cette épouse adorée, et je m'écrie : Adélaïde !.... Dieu ! est-ce bien toi, toi que j'ai adorée, que je chéris

14.

toujours ?... Oui ; mais oui, c'est mon Adélaïde, c'est elle, je la reconnais, je la revois, là, là !... et je suis lié par des vœux éternels !... ah, mon père !..

Je me jette dans le sein du père Gardien, qui lui-même ému de cette reconnaissance, s'empresse de nous plaindre, ma femme et moi, de nous consoler tous deux. Je continue : Est-il possible, ma chère Adélaïde, que le Ciel t'ait rendue à mes vœux, et dans cet instant funeste, dans ce lieu redoutable !... Et notre fils, mon Eugène !.... — J'ignore sa destinée ! Depuis l'instant fatal qui nous a fait entrevoir la mort dans les gouffres des mers, il est séparé de moi !.. — Il n'est plus ? — Je n'ose l'assurer ; car on prétend que, quelques instans après notre naufrage, un bâtiment grec a sauvé deux hommes et un enfant. Il est possible que ce soit notre Eugène ; mais où pouvais-je le chercher ? — Et toi ? — Moi, mon ami ; je ne sais comment cela s'est fait, si j'ai saisi ou non une frêle planche de notre navire ; je me suis trouvée sur une plage déserte.... où j'ai eu bien long-tems à souffrir..... mais mes aventures sont si longues, si étonnantes, elles ont tant de rapport avec l'ingénieuse fiction de *Robinson*, que j'avais lue dans ma jeunesse, qu'il me faudrait un tems considérable pour te raconter tout cela. Qu'il te suffise de savoir que j'existe malgré tant de peines; qu'il n'y a que très-peu d'années que j'ai trouvé enfin l'occasion de repasser en France; que je t'y ai inutilement cherché par-tout, et qu'enfin le hasard seul m'a fait entrer dans cette église où j'ai le bonheur de te retrouver. — Pauvre Adélaïde !.... et madame Sommers ? — Ma mère ! ah, mon ami !.... elle n'est plus, sans doute elle a péri dans ce cruel naufrage, comme tous les autres passagers.... — Funeste séparation ! Je l'avais prévu !... »

J'allais m'entretenir long-tems avec mon épouse, mais je m'apperçus qu'elle chancelait, que ses forces l'abandonnaient de nouveau, faible, souffrante depuis long-tems, elle ne pouvait supporter la révolution qu'elle venait d'éprouver, et elle avait besoin des plus prompts secours. Le père Gardien la fit transporter chez une de ses pénitentes, vieille dame très-respectable, dont la maison était voisine du couvent. Vous pensez bien que j'y volai, et que je ne quittai point mon Adélaïde dans l'état douloureux où le bonheur de me revoir l'avait plongée.... Hélas ! elle n'eut pas le tems de me raconter ses aventures, que j'ignore encore, mais dont je puis me douter. Une fièvre ardente vint brûler son sang, aliéner sa raison. Elle ne put, dans quelques instans de calme, que me donner ces légers renseignemens sur son fils :

» Au moment, dit-elle, où je m'apperçus, avec tout l'équipage, que le vaisseau, démâté, brisé par-tout, faisait eau et menaçait de s'enfoncer, je pris mon Eugène par le bras pour le jeter à la mer et m'y précipiter avec lui. J'avais eu, depuis un moment, la précaution de tracer sur deux plaques de fer blanc, une pour lui et l'autre pour moi, nos noms, nos âges, nos demeures; et celle de mon fils portait : *Eugène, né à la Martinique, âgé de quatre ans, fils de Louis Durand, négociant à Paris, et d'Adélaïde Sommers.* Cette espèce d'étiquette, je l'avais fixée par une chaîne de fer au col de l'enfant, dans l'espoir que, si quelque hasard le sauvait, il saurait un jour le nom de son père; mais en saisissant fortement mon Eugène, il tomba sur un meuble, et se brisa le nez d'une manière si cruelle, que sans doute aujourd'hui il porte encore une cicatrice à cet endroit de sa figure. Ce fut alors que la Sainte-Barbe sauta, et nous jeta tous.... je ne saurais plus dire où !.... Si jamais, mon ami, tu retrouves ton fils, il ne pourra être qu'un homme d'honneur; car cet enfant, quoique dans le plus bas âge, avait déjà toutes les dispositions au bien. — Mon fils !.... jamais, jamais !..... — Pourquoi? le sort t'a bien fait rejoindre la mère, il est possible qu'un jour.... »

Elle ne put achever. Un accès de transport vint de nouveau troubler ses sens, et elle resta dans ce pénible état huit jours, au bout desquels elle expira !....

Vous l'avouerai-je ? j'eus l'audace d'accuser le ciel, de blasphêmer même contre la Providence qui ne m'avait rendu tout ce que j'adorais que pour m'en séparer à l'instant ! J'eusse préféré ne jamais la revoir, ignorer qu'elle existât, n'être pas témoin de ses derniers momens.... mais le ciel avait dicté cet arrêt terrible ; il fallait s'y soumettre.... On ne meurt point de douleur, Messieurs ; non, on ne meurt point de l'excès du malheur !.... J'eus le supplice de survivre à mon Adélaïde ; mais incapable de vivre désormais parmi les hommes, j'implorai du père Gardien et j'obtins de lui ainsi que de ses supérieurs la permission d'embaumer, d'emporter le corps de mon épouse, et d'aller, avec ces froides reliques, fonder un hermitage dans le lieu que je choisirais. Préférant m'approcher de celui où j'avais appris, pour la première fois, le naufrage de mon épouse, j'allai m'établir dans la forêt des Ardennes, à l'entrée, du côté de Charlemont. Là je fis bâtir une simple chapelle, ceindre de murs un petit carré de terre; et, au milieu des pins, des ifs et des cyprès, j'élevai un tombeau à l'amie de mon cœur. Un crucifix d'environ quatre pieds, fut placé sur ce simple monument, et, riche de ce trésor que tous les jours j'allais visiter, je me consacrai entièrement à la vie solitaire et hospitalière; car je me fis un devoir, un bonheur d'aider, d'offrir l'asyle et la nourriture au voyageur fatigué qui passait dans ces lieux solitaires.

Ils devinrent par la suite dangereux, ces lieux où j'avais déjà passé six années au sein de la retraite, de la douleur et de la tranquillité. Une bande de voleurs vint infester la forêt des Ardennes, et ce fut en vain que le gouvernement fit battre cette vaste forêt, voulut extirper la race maudite des méchans qui s'y cachaient à tous les yeux. On tremblait à six lieues à la ronde ; moi seul, calme comme le roseau au milieu de l'orage, je n'avais aucune appréhension de ces brigands. Je ne possédais point d'or qui dût les tenter : que pouvaient-ils me faire ? m'arracher la vie ? c'était le plus grand service que j'attendais d'eux. Il est si dur, quand on est malheureux au point où je l'étais, que la religion nous défende d'attenter à nos jours ! mais si quelqu'un m'avait procuré, par un prompt trépas, le bonheur d'aller rejoindre mon Adélaïde dans l'éternité, j'aurais béni ses coups et prié Dieu de lui pardonner, comme je lui aurais pardonné ce crime qui, pour moi, eût été un bienfait !..

Ainsi donc, je ne redoutais rien ; et, lorsque le soir, la nuit même, j'entendais autour de moi les cris ou les coups de pistolets de ces misérables, je me recueillais en attendant la mort, et j'adressais mes vœux au grand auteur de l'univers.... Ils n'attentèrent pas néanmoins à mes jours. Quelques-uns même entraient chez moi, me questionnaient, me raillaient et se contentaient de m'insulter.

Un matin que j'étais dans le recueillement et à genoux sur le seuil de la porte de ma petite chapelle, je fus distrait de ma méditation par l'arrivée d'une douzaine de ces brigands qui dirigeaient leurs pas vers moi. Ils semblaient porter un de leurs camarades qui, pâle et défait, paraissait blessé et verser beaucoup de sang.... Père Damase, me crie de loin celui qui marchait en avant de cette troupe, veux-tu recevoir un moment chez toi notre capitaine, qui vient d'être blessé dans une action? Pécheurs, lui répondis-je avec indignation! allez, retirez-vous? voulez-vous que la justice, qui vous poursuit, me confonde avec vous si elle vient à vous saisir chez moi!

Il se met à rire, et me répond : Bah! bah! la justice! ce n'est pas elle que nous craignons. Nous sommes en force pour lui résister et te défendre ; ce que nous redoutons le plus, c'est de perdre notre capitaine, ce brave Sabre-tout, qui nous a conduits tant de fois à la victoire.

Pendant qu'il parle, la caravane s'approche; alors, considérant le blessé, je frémis involontairement, et vous allez frémir aussi, Messieurs, en apprenant qu'il a le nez écrasé sur sa figure, non pas des blessures qu'il vient de recevoir, mais d'une autre bien antérieure, et qui est depuis long-tems cicatrisée !... Le signalement de mon fils se retrace soudain à ma pensée ; et quoique le hasard pût se plaire à m'offrir une autre personne qui portât la même infirmité que lui, je ne puis maîtriser un mouvement de terreur, d'horreur, et néanmoins d'intérêt. Le blessé me dit d'une voix faible et douce : Ne craignez rien, bon religieux ; veuillez me prodiguer vos soins : vous pourrez compter sur ma reconnaissance et le respect de mes gens.

Le son de sa voix me pénètre l'âme. Je ne puis résister à sa prière, faite avec tant de douceur, et j'ouvre la porte de ma chapelle. Sabre-tout, puisque c'est son affreux nom, y est déposé par ses camarades; je cours chercher du linge, des simples, et l'on se met en devoir de panser ses blessures. Elles sont profondes et paraissent dangereuses. Ses camarades semblent le chérir, le plaindre et lui reprocher de s'être exposé trop imprudemment. Plusieurs profèrent des juremens. Il leur ordonne de respecter le lieu où ils sont, l'hôte qui les reçoit. La religion, leur ajoute-t-il, est un préjugé sans doute; mais elle est estimable quand l'homme, qui en est pénétré comme ce bon père, sait si bien exercer les devoirs de l'hospitalité.

Son ordre est exécuté : les brigands ont, pour moi et pour l'asyle du seigneur, les plus grands égards.... J'examine leur chef; il me pénètre du plus tendre intérêt. . . . Jeune, beau, bien fait, il a des traits mâles, nobles, distingués et fort agréables même, malgré l'infirmité qui semblerait devoir les défigurer. Je ne puis vaincre un funeste pressentiment.... Quel âge a-t-il, dis-je tout bas à l'un de ses gens ? — Trente ans, me répondit-il, et c'est un homme d'un courage !...

Trente ans, pensai-je tout bas, ce serait là l'âge de mon fils ! Mais, Ciel ! Eugène un brigand pareil ! repoussons cette affreuse idée !

Je me recueille avec Dieu, et je le supplie de ne pas me donner la certitude d'un malheur qui serait pour moi le coup de la mort. Je repousse mes sombres idées, et je n'en prodigue pas moins mes soins au moribond. L'un de ses gens avait été chirurgien. On le pansa bien, et toujours entraîné par un sentiment inconnu, je me proposai de le coucher dans mon propre lit, c'est-à-dire sur ma natte de paille ; car c'était là où toutes les nuits je cherchais le repos.

Quand il fut bien calmé, hors de danger pour le moment, ses camarades lui laissèrent un des leurs, et se retirèrent en promettant de revenir plusieurs fois par jour, et de le guetter de loin, en cas d'attaques de la maréchaussée. Un d'eux eut même la sottise de m'offrir un sifflet, en me priant de les avertir, par leur signal accoutumé, si de loin j'appercevais quelque brigade. Le blessé eut l'attention de faire taire cet insolent, et je restai seul avec lui et son gardien, tremblant de tout mon corps d'être compromis avec eux, si l'on venait à les découvrir chez moi. Sa troupe lui tint parole; elle ne le perdit pas de vue pendant quelques jours; et ce qui m'affligeait cruellement, c'est que les voleurs venaient lui rendre compte de leurs forfaits, prendre ses ordres; c'est qu'en un mot mon hermitage était devenu le quartier-général de ces brigands.

Je savais bien que, si j'avais refusé de recevoir leur capitaine, ils auraient su m'y forcer le pistolet sur la gorge; je l'aurais fait néanmoins; car je ne craignais pas la mort; mais je vous l'ai déjà dit, un intérêt inconnu m'entraînait vers ce misérable blessé! je me sentais ému à la vue de ce scélérat, et je brûlais de trouver un moment pour l'interroger, quelque terreur que j'éprouvasse d'en obtenir une trop funeste lumière.

Ce moment arriva. Sabre-tout se rétablit par degrés, au point qu'il commença à marcher dans la chambre, et desira même de faire le tour de mon petit jardin, ce qui fut remis au lendemain. Son camarade cependant l'ayant laissé un moment seul, je m'approchai, et j'eus avec lui cette étrange conversation.

Eh bien, mon ami, vous vous sentez mieux? — Très-bien maintenant, bon père, grâce à vos soins hospitaliers. — Ne parlons pas de cela; tout homme, même le plus grand scélérat, quand il est dans le malheur, a des droits à l'indulgence des hommes, telle est la morale de la religion. — Je ne l'ai jamais méprisée, cette religion que vous feriez aimer. — Ce langage.... pardon, il fait un grand contraste avec votre état! — Mon état!... Ah, souvent je ne le vois que trop sous l'aspect méprisable qu'il mérite! — Vous n'étiez donc pas né pour le crime? — Je ne sais pour quoi j'étais né; je n'ai jamais connu mes parens. — Jamais!.... *(et je frémis)* Quel pays est le vôtre?... — Je suis né dans les îles, du moins c'est ce que m'a appris une espèce d'indication qu'on a trouvée sur moi. — Dans les îles *(mon trouble s'accroît)*!... Oserais-je vous demander quelle est cette indication dont vous parlez?.!. — Mon histoire n'est pas longue. Je fus sauvé d'un naufrage à l'âge de quatre ans, par des Grecs qui m'emmenèrent dans je ne sais quel pays. C'était de fort mauvais sujets! ils m'élevèrent, me firent partager leurs honteux excès, m'apprirent à voler... Tout jeune, j'étais déjà un petit filou, jugez de ce que je suis devenu en grandissant! — Oui, oui, vous avez bien profité de leurs leçons *(et mon cœur bat violemment)*. — Nous voyagions dans diverses contrées; enfin, revenu en France, et las d'être leur subalterne, j'ai organisé une troupe à moi, je me suis mis voleur en grand, et à trente ans, j'ai l'honneur de commander les plus braves gens des quatre parties du monde. — (*Il me fait frissonner, je ne peux plus que balbutier*). Je.... je.... conçois en effet l'honneur que.... mais vous parliez d'une indication?... — Ah, voilà ce que c'est. Je n'aurais jamais su qui j'étais, ni d'où je venais, si mon père ou ma mère, car je ne sais lequel des deux, n'avait eu le soin, avant leur naufrage apparemment, de me suspendre au col une plaque de fer blanc, sur laquelle ils avaient tracé leur nom. — Grand Dieu! (*je me contiens*). — Cela vous étonne? c'est surprenant en effet; mais c'est toujours une attention. — Et cette plaque.... portait?.... — Que je suis le fils d'un nommé Durand, et que ma mère s'appelait Adélaïde Sommers.

Je m'attendais à cette découverte, et cependant elle me frappa au point que je tombai de mon siége, les deux poings sur la terre, en m'écriant : Ciel! quelle horreur!....

Le brigand, oserai-je dire mon fils!

ce malheureux Eugène me prodigua soudain mille soins, et me rappela à la vie, au malheur. Je me fis une violence extrême, pour ne point lui déclarer sur-le-champ que j'étais son père : j'eus la présence d'esprit de former un autre projet, et de remettre cet aveu à un moment plus favorable peut-être, pour toucher son cœur. Il me questionna sur la cause de mon évanouissement ; je lui dis que son histoire m'en avait rappelé une, bien touchante, que je lui conterais un jour ; puis, me remettant peu-à-peu, je le questionnai, je sondai son cœur ; et, malgré l'effroi qu'il m'inspirait, j'eus la satisfaction de voir que ce jeune homme n'était pas aussi corrompu que je pouvais le craindre, qu'il y avait enfin quelques ressources dans son âme. Son gardien rentra, et je n'eus que le tems de serrer la main d'Eugène, en lui disant : Vous desirez voir mon petit jardin ; demain, nous nous y promenerons ensemble, vous y verrez un objet ! . . .

Nous fûmes interrompus, et la conversation changea. Quand je me trouvai seul, Messieurs, vous jugez quelles furent mes tristes réflexions ! Toute la nuit, j'eus devant les yeux l'ombre de l'aïeule de mon Adélaïde, de madame Duperly ; et je me rappelai la fatale vision qu'elle avait eue, quelques heures avant sa mort. Cette caverne de voleurs, où nous étions garottés, ma femme et moi ; ce monstre sorti des enfers, qui m'appelait son père, qui lançait sur moi les serpens du remords, tout cela s'offrit à mes regards, et je sentis que je n'en avais que trop la funeste explication. Il est donc des pressentimens ! Il est donc des nœuds qu'on ne doit jamais former, quand ils allarment la sage prévoyance de la vieillesse ! ...

Je passai toute la nuit dans cet état affreux, tantôt pensant au contraste abominable de l'état de mon fils, tantôt me proposant de lui cacher que je fusse son père, de le repousser de mon sein, et finissant toujours par lui tendre les bras, dans le desir de lui pardonner, si je pouvais le ramener à la vertu.

Le jour me surprit dans cette irrésolution. Avec quel sentiment de pitié mêlée d'horreur, je m'approchai du lit du monstre que j'avais mis au monde ! Il dormait, ce misérable, et, pourrait-on le croire, il dormait avec ce calme, cette sérénité qui n'appartiennent qu'à l'innocence ! Eh quoi, me disais-je, ce cœur gâté par tous les vices, ce barbare qui se fait un jeu de la vie de ses semblables, peut-il goûter le repos de la vertu ! Et ne rendrais-je pas un signalé service à l'humanité, en lavant dans son sang l'opprobre dont il a couvert mes cheveux blancs ?..... Dieu heureusement me retira cette affreuse pensée, et Eugène se réveilla.

Il parut flatté de me voir près de lui. Il avait été, disait-il, agité toute la nuit par les songes les plus sinistres... Il m'appelait son père. . . . Le scélérat ne se doutait guères qu'il disait la vérité.

Quand il fut habillé, je priai son gardien de me permettre de le promener seul dans mon jardin. Ce gardien, qui ne demandait pas mieux que de courir, nous avertit qu'il allait sortir pour une partie de la journée, sûr que j'aurais pour son capitaine tous les soins qu'exigeait sa convalescence : ainsi je restai tête-à-tête avec Eugène. Je lui donnai le bras, et nous entrâmes dans le jardin. Alors je commençai à émouvoir sa sensibilité, en lui disant que j'avais connu son père, sa mère, en lui faisant un tableau des vertus de l'homme, j'osai dire estimable, à qui il devait le jour, et en l'effrayant sur la bassesse de sa profession, et sur les suites funestes, indispensables, qu'elle devait avoir. Je parcourus l'histoire des plus fameux brigands, et je lui prouvai que tous avaient péri sous le glaive des lois. Eugène m'écoutait avec une attention sombre, concentrée ; je voyais qu'il était singulièrement ému de l'idée que son père existait, et qu'il ne tenait qu'à lui de se jeter dans ses bras.

Je profitai de ce moment pour l'entraîner au pied du simple monument que j'avais élevé à mon Adélaïde ; et, par une inspiration du ciel qui me permettait sans doute alors de troubler la paix des tombeaux, je m'armai d'une pioche, dans le dessein d'enlever la pierre de ce frêle sépulchre. Eugène, lui dis-je avec fermeté, as-tu la plaque précieuse où est ton nom ?... — La voilà !...

Il me la donne ; je la presse sur mes lèvres ; puis, la portant aux siennes, j'ajoute : Baise ces caractères sacrés, mon fils, ce sont ceux de ta mère ! — De ma mère ! ... — Oui, voilà le tombeau de ta mère ! . . . . sous cette pierre . . . . . .

Je jette le dessus du tombeau : le squelette d'Adélaïde s'offre à nos regards. Eugène, dans le plus grand trouble, s'écrie : Que faites-vous ? . . . — Je la dévoile à tes yeux ! . . . La voilà ! . . . Malheureux ! oses-tu promettre à celle qui te donna l'existence, de la consacrer désormais à la vertu ! ....

Eugène se jette sur le cadavre, et ne peut que dire en sanglotant : Ma mère !.. Quoi, c'est-là !... Je la vois !... ma mère infortunée !... Et vous, vieillard respectable....

Il se retourne vers moi, avec l'effroi d'un homme qui craint un aveu qu'il prévoit... — Moi, moi, Eugène ! eh la nature ne te dit-elle pas assez que je suis ton père ! — Vous !...

Il veut se jeter dans mes bras ; je le repousse avec fermeté. Rends-toi digne, lui dis-je, des doux embrassemens paternels : cesse de me déshonorer ; et je te rends mon cœur....

Il verse un torrent de larmes ; il balbutie : Que faut-il faire ? — Le sacrifice de ton infâme profession aux mânes de ta mère. Jette dans cette tombe ces poignards, ces pistolets, ces armes homicides que tu as osé tourner contre tes semblables....

Et, en disant ces mots, j'arrache de sa ceinture et sans qu'il songe à s'y opposer, les armes que je dépose dans le tombeau. Je continue : Qu'elles y restent à jamais ensevelies avec celle qui, dans ce moment, te fixe et semble sourire à l'acte de dévouement que tu fais à sa mémoire ! Si jamais, me disait-elle avant d'expirer, si jamais tu retrouves ton fils, il ne pourra être qu'un homme d'honneur !... Justifie, Eugène, cette opinion qu'elle avait fondée sur toi : ses mânes l'exigent, oui, ses restes inanimés semblent reprendre une nouvelle vie, se dresser devant toi, pour obtenir ta conversion !

Soudain je m'empare du cadavre, et le dressant en effet devant Eugène, cette vue effrayante, cette muette éloquence des morts, tout le terrifie, tout l'attère... il se jette à genoux au pied du sarcophage, il s'écrie avec la plus touchante émotion : Sois contente, ô ma mère ! mais rentre dans le séjour des ombres... Ton fils a entendu ta voix puissante.

Dieu vient de le toucher pour jamais ; dès ce moment, il est digne de toi. *(Il se lève, et poursuit avec une agitation concentrée)* . . . Mon père, partons, quittons ces lieux funèbres... Fuyons ces monstres qui m'ont entraîné dans l'abîme... Que jamais ils ne sachent..... — Où veux-tu aller ? — Dans un cloître, mon père, au fond d'une sainte retraite, où, à votre exemple, je puisse terminer mes jours dans une pénitence éternelle.

La grâce divine venait en effet de toucher l'âme du pêcheur. Il était converti, et je devais ce grand changement à mon courage, à ma fermeté, au puissant talisman des reliques sacrées de mon Adélaïde.... Je sentis que, désormais, il serait impossible à Eugène, ainsi qu'à moi, de rester dans ces forêts, où il aurait tout à craindre de ses anciens complices. Je refermai le tombeau ; et prenant mon fils par la main, je lui dis : Peux-tu nous promettre un voyage sûr ? — Toutes les routes de cette forêt me sont connues ; je sais celles qu'il faut parcourir, sans craindre les brigands. — Eh bien, partons. — Partons.

Nous nous agenouillâmes tous deux encore au pied d'une épouse, d'une mère que nous allions quitter pour jamais. Je repris, par réflexion, les armes d'Eugène, que je lui avais confiées ; puis, en ayant fait un paquet ainsi que de mes objets les plus précieux, je fermai l'hermitage, j'en mis la clef dans ma poche, et nous sortîmes de la forêt sans rencontrer qui que ce fut. A Charlemont, j'obtins des supérieurs ecclésiastiques qu'on irait chercher les restes précieux d'Adélaïde, et qu'on les enterrerait dans le cimetière de l'église. Nous assistâmes, mon fils et moi, à cette pieuse cérémonie ; puis nous partîmes pour nous rapprocher de la capitale. Eugène me tint parole ; il abjura ses erreurs, et aujourd'hui encore, il fait près de moi la plus rude pénitence de ses crimes. Vous l'avez vu ; c'est ce même frère Séverin qui sort d'ici ; et c'est pour avoir sans cesse sous les yeux les preuves de ses forfaits qu'il a exigé que ses armes fussent suspendues autour de cette cellule. Il les voit, pense à ses premières années, gémit et prie !.... Le voici ! ne parlons plus de ces choses qui pourraient l'affecter; mais je suis bien aise d'avoir trouvé un moment, monsieur d'Arleville, pour raconter à vos jeunes gens cette histoire, merveilleuse peut-être, mais dont la morale s'en gravera plus aisément dans leur mémoire ! »

Le père Damase termina ainsi son récit, qui avait beaucoup ému les fils de notre digne instituteur. Ce tombeau découvert, ce mort soulevé par l'hermite, cette conversion subite du brigand, tout cela les avait frappés, et ils se promettaient bien, quand ils seraient de retour à la Chartreuse, de raconter cette histoire à ceux de leurs frères et sœurs qui n'avaient pu l'entendre. Le frère Séverin entra; mais quoiqu'il parût doux, pieux et résigné, sa présence fit néanmoins une impression de terreur sur nos jeunes amis. On parla d'autre chose, et l'orage s'étant totalement dissipé, M. d'Arleville et ses compagnons de voyage prirent congé des hermites, après les avoir remerciés de l'hospitalité qu'ils avaient bien voulu leur accorder.

Fin du Tome cinquième.

TABLE
DES JOURNÉES
Contenues dans ce cinquième Volume.

Fin de la Table du cinquième Volume.

De l'Imprimerie de B. IMBERT, cloître Notre-Dame, n°. 35.

www.ingramcontent.com/pod-product-compliance
Lightning Source LLC
LaVergne TN
LVHW010545110826
845149LV00003B/563